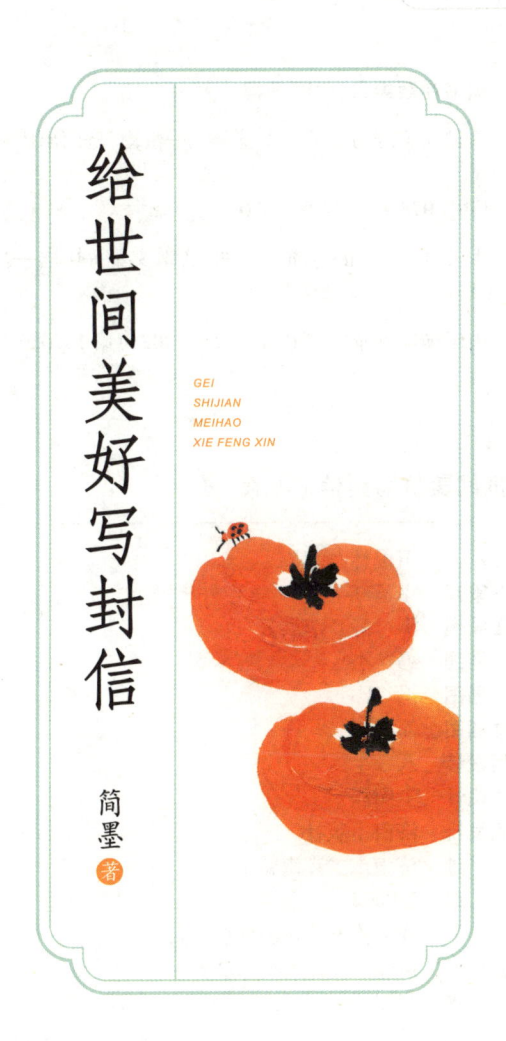

给世间美好写封信

GEI SHIJIAN MEIHAO XIE FENG XIN

简墨 著

山东城市出版传媒集团·济南出版社

图书在版编目(CIP)数据

给世间美好写封信／简墨著. —济南:济南出版社,2023.6
ISBN 978-7-5488-5703-7

Ⅰ.①给… Ⅱ.①简… Ⅲ.①散文集—中国—当代 Ⅳ.①I267

中国国家版本馆CIP数据核字(2023)第107056号

给世间美好写封信　　简　墨　著

出 版 人	田俊林
图书策划	李圣红
责任编辑	陶　静　李洪云
封面插图	冯　杰
彩色插图	冯　杰
内文插图	简　墨
封面设计	八　牛
版式设计	王园园
出版发行	济南出版社
地　　址	济南市二环南路1号
邮　　编	250002
印　　刷	济南乾丰云印刷科技有限公司
成品尺寸	148mm×210mm　32开
印　　张	9.75
字　　数	152千
版　　次	2023年6月第1版
印　　次	2023年9月第1次印刷
书　　号	ISBN 978-7-5488-5703-7
定　　价	59.00元

(如有倒页、缺页、白页,请直接与出版社联系调换。联系电话:0531-86131736)

给世间美好
写封信

给世间美好
写封信

给世间美好
写封信

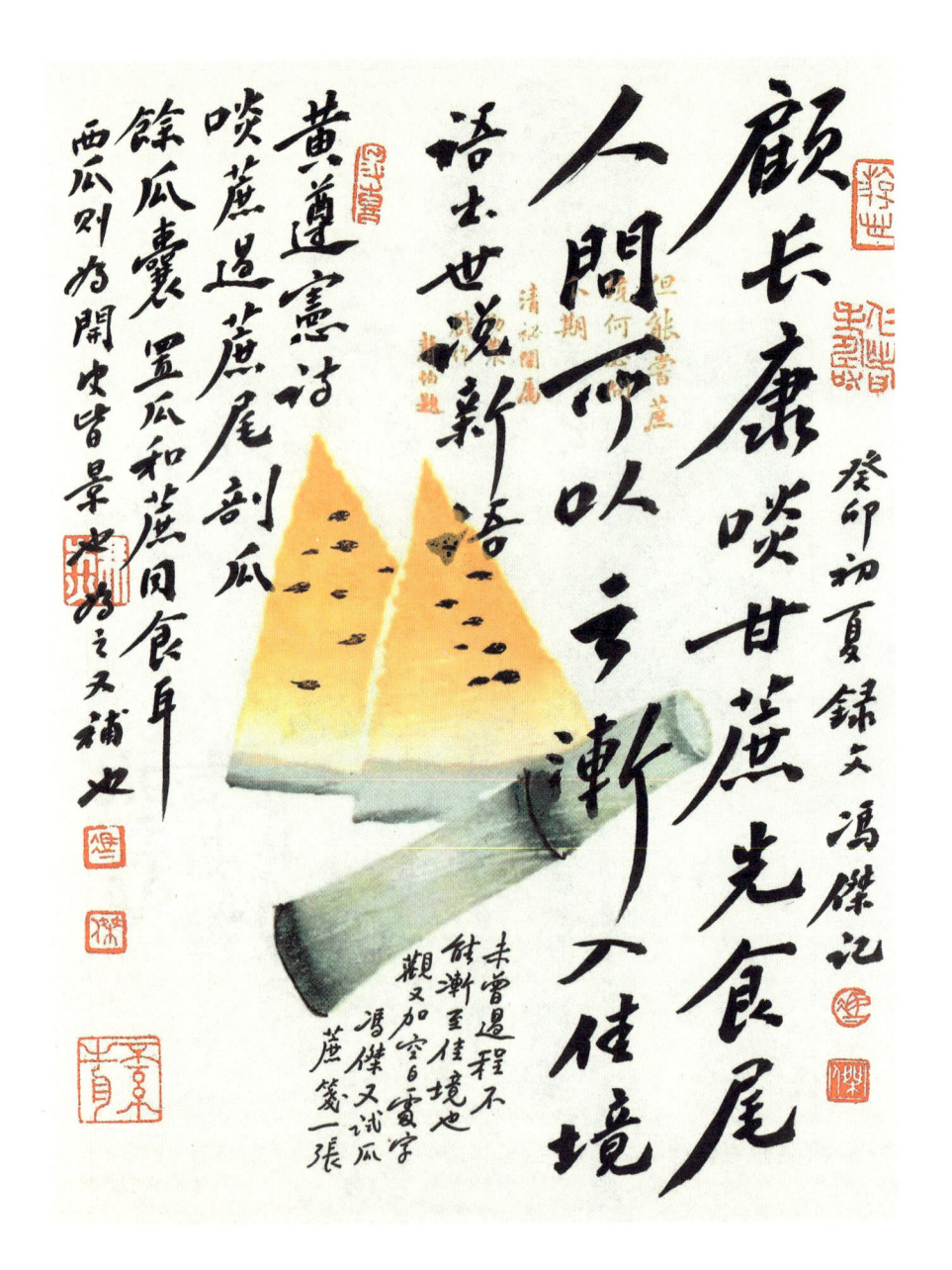

顾长康啖甘蔗先食尾，人问所以，云渐入佳境。

癸卯初夏录文 冯杰记

《世说新语》题

黄遵宪诗：啖蔗过蔗尾剖瓜，余瓜囊置瓜和蔗同食耳，西瓜则为开次曾景之又补也。

未曾过程不能渐至佳境也，观又加空白霎字，冯杰又试瓜蔗笺一张。

给世间美好写封信

给世间美好
写封信

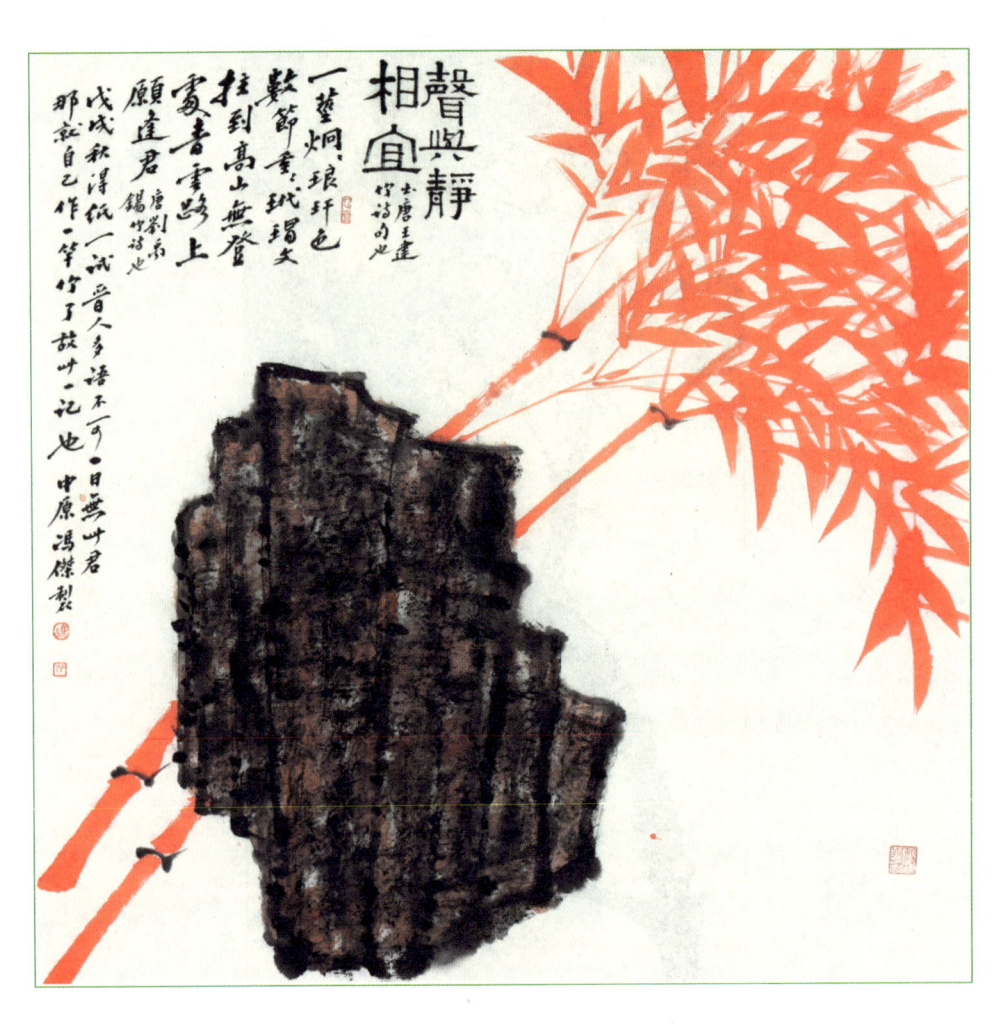

给世间美好
写封信

许多年前承从我姐给订的美术杂志看到吴凡先生套色木刻蒲公英一直记着蒲公英飘到现在壬寅春中原冯杰写旧梦也

给世间美好
写封信

给世间美好
写封信

给世间美好
写封信

给世间美好
写封信

GEI
SHIJIAN
MEIHAO
XIE FENG XIN

目 CONTENTS 录

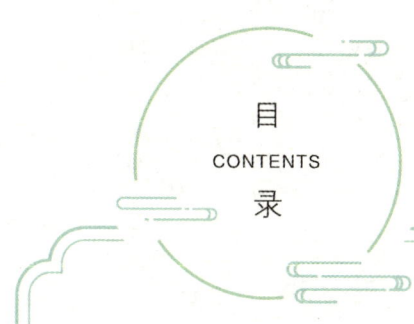

第 一 辑
古　意

003	春日读古诗
006	从大自然得到力气
011	已经失传的生活
018	开在古诗中的春花
025	村落

目录
CONTENTS

第二辑
他 们

035	他们
057	卑微者
076	诗者
111	书家
136	艺人
153	戏文里的悲喜
171	不合时宜的古人

目录
CONTENTS

第三辑
素 履

185	野山
192	二郎山素描
200	济南四季
215	你知道得很少的济南
237	桃花记
242	看黄河
247	仁厚的山东

目 录
CONTENTS

第四辑　家书

259　我们永远在一起

270　妈妈好像花儿一样

292　乡村的母亲那不死的人

301　黄河谣（代后记）

第一辑

古 意

春日读古诗

春日常常有好天气。每每彼时，书里会传出祈祷似的旋律。多么温暖的开始。

春日读古诗，正是这样一个开始。

喜欢读温暖的人写的温暖书，里面隐隐有一种宁静而祥和的力量，可以包容世间的一切，包容一切简单、复杂的时光。读书的终极目的不是苦，而是乐；不是寒冷，而是温暖。就这样，垂首读书、工作、生活，没有发问，也不向任何人问道求解。读竖版、繁体的书，好像回到古代，在读的时候，会不经意微微点头。喜欢那安静和缓慢，很多词都还在书中保持着原来的意思。原木、布衣、清水的感觉，是还没有被篡改的美——而美啊，正是人在这世上的创造和尽力，如蜂蚁一样各忙各的事、各自焕发生命的力气的源头所在。

当我们的心灵回归于自然，回归于平静时，我们的眼睛便能看到心灵抵达的远处。极妙的地方，只有在心灵的指引下，眼睛才能够看见。一切的美好，都是从回归自然开始的。

月在月中，星在星里，我在我中，何其安适。

若有愿景，便是：愿我是我，我要的我。愿一切亲爱的汉字都只是它们自己，愿不负那些美丽的字。

就算再多的字失去了本来的意义，我不着急，我用它们的时候，我和它们都一如当初，秋水明月两不负。

正如那些古老的诗歌，它的每一个字都像很久很久以前的家乡。

草木鸟兽虫鱼，大地雨水阳光，以及其他的古老事物，是世界的基础。人接近自然是本质的需要，它是一个宽宽的大房子，可容纳许多不同的东西，是能量的最大所在。每个人都能从那里找到属于自己的小房间，又是任何人都走不进的地方。我们从它那儿来，了解它，珍视它，对它保持虔敬和尊重是必要的。

而阅读是非常有时效性的,这刻与那刻,此时与彼时,今朝与去岁,都在量变与质变的积淀中存在。新鲜融合的初读与跟后的反复揣摩,这无不契合了自我的一种审美与价值体系,喜与不喜,接纳与排斥,体验与疏离,极赋予私人化的具象。即使偶有仿似的思悟,也只能看作人性在辨别方向上某处途径里的重合,最终它还是要分叉,各自远去。

为了这样的句子,你要感受到生活的愉悦,你要能品尝到食物的香甜,感受到睡梦的斑斓,感受到双腿的力量。你要好好睡觉,你要吃到像样的早点,它就是生活本身的价值,它就是丰腴时光的样子,不可以随便。

为了这样的句子,你还要原谅,原谅所有的人和事。世上千万种人,严格的区分、归类长久存在,宽松的界定本身就是一种勇敢的谅解。

我们强烈体验到文字中光明照耀的力量,这让诗更趋向空灵和淳朴,语言结构也更加结实,分量也更加厚重。我们由此也更加明了:爱是伟大的事物,是人所能做的最重要的事。是爱让我们感受所有的好。所有都好。大地自我圆满,人也是。

从大自然得到力气

　　土是神奇的东西，你永远不知道，它里面到底存储着一些什么。除了根茎类，有着珍宝一样颜色的土豆、甘薯、萝卜、山药，还有一些很久以前的人，藏在里面的罐子。他们似乎在那时起，就已经预见到：将有一位子孙，在种植或收获时，会惊喜遇见。他们微笑凝视过来，手上带有长久不散的余温，由泥土传递抵达今天。

　　湖南省望城区唐代铜官窑遗址——瓦渣坪出土的一只瓜棱瓷壶，上面有首工匠描上的诗："春水春池满，春时春草生。春人饮春酒，春鸟鸣春声。"

　　春天的风吹着每一个枝丫，春天的水装满了池塘，春天的雨淋着每一枚草芽，春天的花朵慢慢开遍了天涯，春人喝着春酒，春天的鸟在叫……春天的一颗铁钉似乎也在生长。诗人如同一个上好的调酒师一摇一晃，一转身，将一个"春"字变幻无穷，层层倾覆，在春天的味蕾上咂出滋味。

壶在诗中，诗在壶中。然而光线缓下来的时候，我知道它被什么移到了纸上，由时间执笔。前几天，我到乡下收了一把紫砂西施素壶，料很涩，但喜欢这样的工，好好地养，该会有温润的潜质吧。在一个好天气里，淡淡地煮上一壶茶，使整个世界为此停了一停。这是件意思无限的事。如同烟从炉灶上长出来，旺盛而虚弱，动人心意。

刚过春分，未到清明时，泥地上冒出温柔的湿气，到处绿莹莹的，云层像午后刚弹好了的棉花，又轻又薄又软，似乎不小心就要掉下来落在睫毛上。池塘中有很轻的风吹过，水一波一波被打开。这样的日子可以有足够的闲心，为一些无用的小欢娱停留，相信它们也是可以欢喜地停下来。

人与天地的关系无非来自气象或者季节，心情受天地之气的影响，身体也会随之自我调节，身随心，心随气，于是，风水或者流年，全都是说得通的。一如梭罗所说的那样，并不是人人都要去学他，去瓦尔登湖或什么偏僻之所隐居，人只要选择他自己想要的生活，或许是湖畔，或许是阁楼，或许是田间林中，或许是寺院，或许就在闹市里……都一样是自由的，是活得舒展的生命。他说："黄昏的霞光照射到济贫院的窗户上，如同照在富人家的窗上一样耀眼夺目。"这霞光也每天照在农家的窗户上，而临窗缝衣服的那位，一样也得到这大自然美妙的馈赠。也许真的是年纪的缘故——我越来越这样认为了。香暖二字，或是烟火人间的本来。

我们可以想见，能真实深入地享用大自然之福的人，是真正懂得人生真谛的人——梭罗有一段谈建筑的话，说照画家的眼光来看，生趣最浓的住宅恰好是普通人家居住的朴实无华、卑微简陋的木屋和农舍，房屋的诗情画意不在于形态各异的外表，而体现在它内里的居住者的人生之中。"人须求可入诗，物须求可入画"，以诗画的眼光来看建筑、看花木、看人生自然是不同的。忘记读到哪位前辈写过的一段话，大意是偶尔路过一间农舍，被墙外的一株花树感动，那屋舍与花的相依让她相信，住在里面的人一定有诗歌做的心，后来再去，花树全被砍掉了，原来是换了主人。

原来，我们能在多大程度上接近大自然，外部的物质条件说明不了什么问题，基本取决于我们有着一颗怎样的心。

譬如，房子不够大的话，可以在阳台上弄一个土盒子，种植葵花或兰。当然，如果可能，到烧窑的地方，亲手做一只紫砂壶或青花瓷，也是很好的。这些动作都意味着劳动。其实，劳动就是最好的审美。这就是为什么我听到朋友讲起浸泡种子的细节，就着迷。还有，一听是某位日本茶釜制作大师的作品，还没有看到，就已经沉醉的原因——难道，一位八十七岁的老人，一下一下敲击、打磨铁器这件事——这件事本身，不已经叫人沉醉了吗？

时间在这样的时候，是接近时间本质的，温情慈悲；不再只是日历、沙漏或者数字，而是实实在在的光阴。我们在这里，是缓缓踮起脚尖，抬高眼睛，看见墙外被搅乱的花影——松松的花影里偶尔会飞出一只小绿蝶，缓缓扇动翅膀，花影就乱了。人这种东西，于是就有幸获取了一种与花木无主客、共春风的自在。

男人们在这里，就是不断饮酒和大声谈笑。

窗外光影漫漫，不知要生出多少好来。而所有想到的好，如同眼前这件瓷，被月光一遍一遍地清洗，然后，在文字上被更加夸大得光可鉴人。这本身就是感动人的一件事。

池塘的水，初生的草，还有那些藏在树叶中的鸟雀和草丛里的蘑菇，以及它们周围合适的温度……还有人，人的神气和光彩。你心里纯洁，眼睛便可看见干净的颜色；你眼神柔和，镜头里便有了这样清白的蓝。云朵是自由的，鸟儿是欢畅的，月亮是有情意的，身体是健康的，岁月长河般温润，如你此刻的心，只要出发，没有什么地方不可以抵达。

古来，诗人们一次次想到它们，写到它们。它们像某些年轻的年月。而一个人，如果能从大自然里得到力气，那他（她）是有福气的，如果他（她）还能从人的肢体、面容、笑意里，读到与大自然相似的美，那他（她）的福气就更加丰美，就像一朵花，时刻都听得到关于自己的一首歌。

已经失传的生活

春节是表现爱和美的节日。人得经过爱,见过美,才能拥有强大和勇敢,去对抗世界的粗糙,克服离开人间的恐惧。对此我深信不疑。而在一个衔枚疾走的年代,放不下一份缓慢低唱的美和爱意——就像此刻,我心头浮上的那些天真诚实的绝唱。

在古代,人们在屋子四周遍植草木,平时一推门就可以看见西岭雪,晚上听得见虫鸣。春节呢,他们会喝着屠苏酒,把新桃换了旧符。

对,提到古诗里的春节,首先想起的就是流传最广的这一首——王安石的《元日》。

"爆竹声中一岁除,春风送暖入屠苏。千门万户曈曈日,总把新桃换旧符。"韵脚圆滚滚的,说的是旧年已尽,春风吹来,阳光小火一样舔舐人间,人们慢悠悠地喝酒，在太阳下除旧布新……过年不但换新桃新春联，更是大扫除，删掉一切肮脏的黑暗的东西，乱七八糟的东西——50年后，也不知有没有"我"了，如果有，会在乎50年前没升上科长吗？不会，彼时会知道，曾经的万般纠结皆荒唐。所以，得从现在开始，给自己"除旧"，减去冗余——饱暖之后是奢侈，是冗余。

除此之外，古人过年还做些特别有意思的事。如"卖痴呆"——宋时吴中民俗，除夕儿童出门"卖痴卖呆"，意谓将"痴呆"转移给别人。范成大的《卖痴呆词》就记载了这个可爱的习俗："除夕更阑人不睡，厌禳钝滞迎新岁；小儿呼叫走长街，云有痴呆召人买。"

唐代孟浩然写过一首《田家元日》："昨夜斗回北，今朝岁起东。我年已强仕，无禄尚忧农。桑野就耕父，荷锄随牧童。田家占气候，共说此年丰。"农民过年也在祈盼好年景。

"夫君远宦盼回程，跪拜灶前点香灯。怀中抱镜藏门候，闻人初言细品评。"诗为唐代无名氏所作，眼前景，口边语，写的是家中妻子"镜听"，盼望夫婿回家的事，字都寻常无奇，连起来读却如抚摸一道疤痕，心微微缩起。"镜听"，即在除夕或岁首夜里抱镜偷听路人的无意之言，以此来占卜祸福。唐代诗人李廓也写过《镜听词》："匣中取镜辞灶王，罗衣掩尽明月光。昔时长著照容色，今夜潜将听消息。门前地黑人来稀，无人错道朝夕归。更深弱体冷如铁，绣带菱花怀里热。铜片铜片如有灵，愿照得见行人千里形。"细节软成一摊泥，捏塑思妇心。同踏青和扫墓等一样，元夜听镜也是非常温暖有爱的。

孟浩然还写过一首《岁除夜会乐城张少府宅》："畴昔通家好，相知无间然。续明催画烛，守岁接长筵。旧曲梅花唱，新正柏酒传。客行随处乐，不见度年年。"提到了"守岁"——除夕夜一家人团聚，熬夜迎接农历新年的到来。熬夜大家不陌生，像诗里一样，添画烛，开长筵，唱梅花曲……这等的风雅难见了。

昔年唐代才子白居易初入京城求功名，去拜访名望颇高的诗人顾况。顾况送六个字给他："长安居，大不易。"白居易的人生循此铺展。因此同样是守岁，他笔下的《客中守岁》就有点深感"北京居，大不易"的滋味了："守岁尊无酒，思乡泪满巾。始知为客苦，不及在家贫。畏老偏惊节，防愁预恶春。故园今夜里，应念未归人。"无酒饮，有泪流，打拼累，为客苦，不如困顿而一家老小相守。年岁渐老，愁事不少，故乡人事已面目全非。此事古今同。

苏轼的旷达在历代诗人中都数得着，《守岁》一诗里表现得更是分毫不减，如风过松林："欲知垂尽岁，有似赴壑蛇。修鳞半已没，去意谁能遮。况欲系其尾，虽勤知奈何。儿童强不睡，相守夜欢哗。晨鸡且勿唱，更鼓畏添挝。坐久灯烬落，起看北斗斜。明年岂无年，心事恐蹉跎。努力尽今夕，少年犹可夸。"将即将逝去的年岁比作游向深沟、势不可当的长蛇，而守岁正如想要系住它的尾巴，纯属徒劳无功。诗里守岁儿童的纯稚情状与大人的复杂心情形成鲜明对比——与而今的儿童与大人的对比差不多。作这首诗时临近年终，苏轼想回汴京与父、弟团聚而不可得，因此写诗寄给弟弟苏辙。

南宋文人张世南喜欢收藏，他手头有一些拜年帖，是北宋黄庭坚、秦观、晁补之等人的。那时，士大夫派仆人去朋友家送拜年帖非常普遍，就像如今邮寄贺卡一样。可张世南就是淘不到司马光的，因为那位对人生持严谨态度的老夫子坚决不发拜年帖，他认为："不诚之事，不可为也。"他要拜年，必须亲自登门。他也是古板得很可爱了。

不出正月就是年。月亮很大的时候，欧阳修写下

《生查子·元夕》:"去年元夜时,花市灯如昼。月上柳梢头,人约黄昏后。今年元夜时,月与灯依旧。不见去年人,泪湿春衫袖。"不必注解,都知道词中人是已经失去的人。

这类的上元词很多很美,鱼贯等读——等千呼万唤始出来的月亮一样,等今人去读。

月亮很大的时候,陆游则拄杖叩门,去《游山西村》:"莫笑农家腊酒浑,丰年留客足鸡豚。山重水复疑无路,柳暗花明又一村。箫鼓追随春社近,衣冠简朴古风存。从今若许闲乘月,拄杖无时夜叩门。"农家酒味虽薄,待客情意却十分深厚,叫人体察喜悦之余,又可探知宋诗特有的理趣——"山重水复,柳暗花明"。在人生中的某些时候,人们的感觉与诗句所述会有惊人的契合之处。此心亦古今同。而诗中所提"春社近"里的春社,古无定日,先秦、汉、魏、晋各代择日不同,自宋代起以立春后第五个戊日为社日,一般为农历的二月初一。这一天农家会祭社祈年,热闹吹打,对年景充满期待。"春社"早在《周礼》里就有记载,人们对待它诚恳虔敬,也算是一个"衣冠简朴古风存"的习俗了。

除了温暖的"古风存",在这类诗里需要体味的,

就是那些古今一般同的思绪了。例如:

"旅馆寒灯独不眠,客心何事转凄然?故乡今夜思千里,霜鬓明朝又一年。"这首《除夜作》是唐代诗人高适写的:我独自在旅馆里躺着,寒冷的灯光照着我,久久难以入眠。是什么事让我感到悲伤?故乡的人今夜一定在思念远在千里之外的我,我的鬓发已经变得斑白,到了明天又是新的一年。看出我们的古典诗歌多么好了吧?二十八个字顶得过今人絮絮叨叨的解释,如同一个不确定的梦,将对家乡亲人的思念之久、深、苦统统罩得严实。过年意味着又增加了一岁。天天向上的小朋友往往急于长大,中年人则可能痛感自己正在变老。将这两方面结合着写,"年味"很足,引起的共鸣很强。

"乾坤空落落,岁月去堂堂。末路惊风雨,穷边饱雪霜。命随年欲尽,身与世俱忘。无复屠苏梦,挑灯夜未央。"不说作者,没人会想到这孤单岛屿一样的诗出自一位英雄之手。此诗作于文天祥过的最后一个除夕夜。句子平淡,没有"天地有正气""留取丹心照汗青"里汉字的明艳和凶猛,只平白说出与家人一起过年的愿望,像深夜照在瓷器上的光,冷暖兼备。先贤们正因这样的刹那,补充了后人眼里他们人性的真实。

不可漏掉的，还有文徵明杂文般的《拜年》，钝刀咄咄，切开世相："不求见面惟通谒，名纸朝来满敝庐。我亦随人投数纸，世情嫌简不嫌虚。"意思是：不要求见面，只是希望通过拜帖来问候，因此我的屋中早上堆满了各种名贵的拜帖。我也随潮流向他人投送拜帖，世人只会认为这样更简易，但不会认为这是空泛的礼节。

这首诗叫人读得心有戚戚——和今天多么像啊！社交神器们帮人随时随地交流，每到过年——哪怕是平常节日或阳历新年，都是铺天盖地的网络图片送祝福，可瞬间发出，可群发，却很少见到亲手裁个卡片写上几个字邮寄给朋友的用心了——比送拜帖还要虚拟空泛。

我们住在结实而沉闷的钢筋水泥里，心只在胸膈间，且越来越小了，隐匿了，散了，黯淡了，很多人都没有心了，心变成一条线——是的，像心电监护仪器上最后的那道直线。我们听不见风雨，只听见市声；看不见天空，只看见狂妄的空气指数。大地母亲呼唤每一个孩子，没人听见；月亮很大和很小的时候，也没人看见——活着也像死着。而我们一在古诗里过年、过日子，耳朵里就有一条天籁的河流淌过，眼里开始养起两块翡翠，会心动。心亮起来，还被放飞在天地间，像虚无那么大……相信我们的孩子们还能拥有这样的浓福。

开在古诗中的春花

春花多美啊，美得就像春天，就像我们祖先留下的诗歌。而中国古代诗歌的醇厚、典雅、落落大方、形制的美好，等等，我们每每读到、听到就起了叹息。

当两者碰到一起，又该美到哪种程度呢？无论何时去百度搜"唐诗（宋词）"，底下都会有"相关搜索：美得令人窒息的唐诗（宋词）"一行字。没错，叫人窒息——美到如此地步，不枉我们为中国人一场。

说起春花，就想起"红杏尚书"宋祁。"红杏枝头春意闹"中"闹"字的红盖头一揭，春天就活了过来。他写绿杨如烟，晓寒阵阵，还有清透的天空，成群的飞鸟，受孕的鱼，以及诗人笔端发散出来的清香，偶尔的细雨……世界苏醒，多么恬淡而浓郁的春的气息。那些字，恍惚是几只惊蛰的奔豸在爬动，闪着绸衣一样的色彩。

全篇听听：

东城渐觉风光好，縠皱波纹迎客棹。绿杨烟外晓寒轻，红杏枝头春意闹。

浮生长恨欢娱少，肯爱千金轻一笑？为君持酒劝斜阳，且向花间留晚照。

咕哝一下，除了觉出了词里少见的齐整之美（上下篇各是一首七言绝句呢），似乎辙韵们也眉开眼笑，一波一波送出铃声，而在像丝绸般光滑的光线中，这些诗行带着愉快的流动，带着愉快本身，带着水的自由自在，恩赐了我们未知的什么……原来，无论过去多久，春天一次次地来临，不会远离我们，就算秋风把月亮一遍一遍吹瘦，春天总还是同一个，像静止在诗里的花朵一样动人。

而只听一听那样的题目："春江花月夜"，已经心醉——多么好听的题目啊，五个名词，五个互为表里、互相映衬的单音节汉字，五个春一样、江一样、花一样、月一样、夜一样美和静的汉字，春、江、花、月、夜，原来可以当作一管箫来听——徐徐地，竹音浮出来，一片神行，行行复行行，是温静的绿玉和开遍栀子花的山坡或者水畔。它步子妖娆，又仿佛身着白衫的娘子刚饮了桃花酒,左右摆着旖旎香袋,修长的鬓,腮边染了酡红……世界上可能没有一种文字像汉语这样,蕴涵着如此精深的书写经验了吧?就这一个题目,泛滥而知停蓄,慎严而能放胆,神乎其技,而竟无伤,也算是小小的人间奇迹了。

多少次,想象着那样一个没有力气的春夜,诗人张若虚在寂寞的江流声里徘徊,被一种前不见古人、后不见来者的苍茫壅塞胸怀。突然,从花林那边升起的一片最初的月光击中了他。他感到自己的躯体开始变得透明,并随着江月一同浮升,一同俯瞰这片大地。于是,诗句从他的胸中汩汩而出:"江流宛转绕芳甸,月照花林皆似霰。空里流霜不觉飞,汀上白沙看不见……"这是何等动人的气象啊,就像把很多年花香袭人的时光揉碎,交叠在一起,庄生梦蝶。这时光他给搁置得太近,就在我们的眼睛底下——每一句都要飞起来,简直看得见它的香气……唔,仅此几句,也足以使一个诗人永生了。

歌唱春花最用力的那个人,居然是一辈子驻扎边塞的军旅诗人岑参。在他存世不多的诗篇中,写的春花达23种之多:桃花、槐花、梨花、棠棣花、桐花、苜蓿花、杜若花……简直是春天在大合唱!"渭北草新出,关东花欲飞""涧水吞樵路,山花醉药栏""涧花然暮雨,潭树暖春云"……他笔下的花欲飞、欲燃:"桃花点地红斑斑,有酒留君且莫还""长安二月归正好,杜陵树边纯是花"……众花之中,他最喜爱的自然是梨花:梨花开放,她的繁茂、洁白与香气,建成了一个奇幻的花房子。有意思的是,"忽如一夜春风来,千树万树梨花开"是他描述冬季苦寒的句子,而他也曾把雪花比作梨花:"梁园二月梨花飞,却似梁王雪下时"……那花多么白啊,比诗人的衣襟还要白。他几乎将世间所有都譬喻成了自己最爱的春花。

写春花的痛,没几个人能写得过以雨当泪的柳永:"花发西园,草薰南陌,韶光明媚,乍晴轻暖清明后……"花发生佳境,可难掩伤情。也许是春天这个季节,叫人格外多思吧。

另有叫魏玩的女词人,吟出伤春诗篇:"溪山掩映斜阳里,楼台影动鸳鸯起。隔岸两三家,出墙红杏花。绿杨堤下路,早晚溪边去。三见柳绵飞,离人犹未归。"

"隔岸两三家,出墙红杏花",杏花开得正艳,活泼泼地越过墙来,似乎打算牵引什么;"三见柳绵飞,离人犹未归",丈夫把自己丢在家里,不管不顾,已经整整三年了……这样的句子，樱桃似的细圆，入了口，轻轻一抿，的确没有很用力的滋味。然而，以后想起来时，它又有忽然多出来的意思，像日常纷纭里忽然多出来的独处，无上的诚恳。叫读它的人仿佛看见自己多年前的那一段日月，穿过房间，穿过桌椅纸张，穿过阳光，穿过春日，有了寂然如水的沉静。诗句和读它的人都泊在月光里，泛出淡淡的光，分明是停止的，然而心里以为那些光线会徐徐移动；又仿佛是落在灯影里的一点桃红，渐渐发出旧年的香气。

提到柳绵，古时有说雪花"未若柳絮因风起"的，有说柳絮"晚来风起花如雪"的；有自比柳絮，说壮志的——"好风凭借力，送我上青云"；还有借絮感时，说寂寞的——"谢却海棠飞尽絮，困人天气日初长"……哪一句不美好得不成样子？也就那么三五天吧？四月、五月，柳絮飞起来了，柳树的心飞起来了，它们捉对儿，成球，成团，追逐嬉闹，如同一群少年，驱车飞奔半空里，不肯再回到凡间。这时候，你被柳絮烦恼着，也欢喜着，走在柳絮里，像走在梦里，一切都不真实起来。飘絮时，空气中有一种茫然的温存，一种混合着阳光、飞尘、草与叶子的气息，像一首无人能懂的歌……有谁能不喜欢吗？

当然，诗本子里少不得的，还有柳——"百分桃花千分柳"，就是这样，柳开的花不起眼，开花时也不满树芬芳，可在诗里，柳仍是个朴素而美好的姑娘。排序整齐、半羞还半喜的细叶子，每一片都让人爱。她披一片云在肩头，有着花一样的气质，还将笑容撒得春色如大雪，一阵小风吹来，就能让它动心——那一低头的温柔，美过了最温柔的花朵。李清照这样写："暖雨晴风初破冻，柳眼梅腮，已觉春心动。酒意诗情谁与共，泪融残粉花钿重。""柳眼"，说的是人，也是梅，是柳。

隔了几百上千年，诗人们的才情、性情、心境竟如此相似，与我们的感觉也别无二致——世界连细节都懒得更新。而那些情不自禁唱出的歌谣，多少年来也一直如此，如同月亮照万物，温柔，成色不改。

读着它们，就忍不住地想，是不是诗歌和春花这两种东西，都是大地对我们不能言说的秘密？它们从她身体里生长出来，发芽，开花，委身为一枚枚汉字，用进入我们的心和身的方式，细针密线地，用最初带有绒毛的羞涩，给予我们最悄无声息的安慰？如果不是，那么，为什么那些有关它们的诗歌，那么熨帖和自然生动？那些春花里藏起的、恍恍惚惚、一再击倒人的电流，又是什么人的过往？

那些神一样的人，像一个个尽职的牧羊人，放牧着诗歌，引领我们，看白发翁媪一家乡村里的"相媚好"，看"春江水暖鸭先知"的惬意，看骑着黄牛的"牧童遥指杏花村"，看"争暖树"和"啄春泥"的新燕，看眼望着"春风又绿江南岸"长叹"何时照我还"的故地，也看提醒自己"春心莫共花争发"然而还是"共花争发"的爱情……哦，当然更有，看所有的花朵开放，天地齐芬芳……就万美皆备。

看到了万物之美，就不再贪求别的什么了。真的。

村 落

大水漫过来一样,绿漫过来,如同一个花园全部的草木在密集拔节、绽放……你不敢相信,这是个秋天,好像一切刚刚开始生长,又好像全部成熟。你待在四季之外的一个季节。

而小山村好像从绿里长出来似的,山村里的人也像从绿里长出来似的,一切都呈现着不真实。有些庄稼都收割了,为什么还那么多的绿啊?我大口呼吸,感觉心肺也绿起来了。

远远一看,大地从腹部慢慢升腾起白气,一大团一大团的,像开锅时冒出的那种很新鲜、很有冲力的蒸气。还有一些蓝色的轻烟,混在里面,是烧秸秆吹过来的烟。我对这烟雾一点不反感,总觉得里面有说不出的好气息。

一座山比一座山远，一座山比一座山颜色浅，最远的一座，浅得和天空融在了一起。而棋子似的山峦上面，水塘明亮，加上云绦烟绕，时隐时现，形成了纯粹的中国风景，有宋画的韵味。再看山坳里，数来数去，就那么几间房子，牛马小，天空阔，三两个男人在劳动，用的还是古人用的木犁和锄头。他们弯腰的样子好像在向大地说着感谢。山里人淳朴，和平原人比起来，他们应有更多的艰辛和劳苦，从下面看上去，有路而不知高低，有水而不知深浅，也不知道他们怎么耕作——那种倾斜度，估计站在上面都困难，他们却在种植。然而，不必悲悯吧，他们的种植本身就是最好、最高贵的诗歌——种植者当然是植物，也是大自然最亲密的通灵者。面对他们，常常生出不明所以的自卑和一点点畏惧。

这儿很多都是梯田，连菜园子也是梯田。两棵臭椿站在地头，高大笔直，神气活现，好像不知道自己的味道。旁边的地面上，牛头不对马嘴地长着番茄、辣椒、茄子、黄瓜和豌豆、豇豆、毛豆，溪边绿冬瓜，山坡红南瓜，再上去便是玉米和地瓜了，向日葵倨傲而简朴，在田埂上站立。如果说"燕山雪花大如席"的话，这里的叶子们可以称得上"床单"了。山屋都顶着厚厚的茅草，院落敦厚，草垛温柔，有的山屋主人还将自家院墙调皮地修建成了长城的模样。高高低低的炮台眼里，也长着马蓟和婆婆丁，紫红的绒毛摇摇摆摆，有些成熟了的，带着种子朝天空飞。屋边的临时小菜地神气够旺，黑绿黑绿，烟气腾腾，看出地肥，更显出了女主人的勤谨和能干：茄子漫长脸儿，花裙子蓝幽幽的；小圆菜像花一样，期期艾艾，娇气得说不清话；葱快乐得如同树冠，四下铺张；萝卜绿衣披挂，红底衫都露出来了，还毫不知羞地大跳自己编的肚皮舞；而番茄，身体呈现动人的浑圆，红得忘乎所以，细腻有如珍宝……果结成果，实结成实，大地秩序不变，一应所有列队行动，颜色鲜艳，点彩分明，真是一场不顾性命的奔赴，或者盛大的演出，有咿咿呀呀唱的，拉胡琴的，听的，叫好捧场的……流动，旋转，气势磅礴，像星空被搬到大地上。

它们的美是那么确切，丝毫不令人生疑。事情却变得捉摸不定——美的深度延伸到不可测量的地方，在一个人心里，已经分不清哪里是终结，哪里是开始。这世界没有丑吗？有啊，但不抱怨。不为丑而愤怒吗？不是的，我们只是对美欣赏和赞美，对丑憎恶，不让两者相互影响，更不让这个覆盖了那个。心是以爱为基础的，绝不是恨——恨和愤怒不是力量，只是暴力，爱和信赖才是力量。

在这一片大热闹中，居然有一小片空地还光着，没有玉米茬，也没有菜，耙平的土垄干净得像重新铺好的纸。淡紫色的风是镇纸，在上面掠来掠去。就像捧着一件薄胎的精美瓷器，生怕失手……想好种什么了没有？

有推着独轮车朝山上梯田运土的人，妻子在前面倾斜身子拉着一根绳；也有满脸皱纹的老人背着大大的背篓，从屋后的坡地上回来，转过低矮土墙的牛圈，推开老旧的木门。努着劲儿走上去，可以看到，即使在最近的路边，也有整个用石头胡乱砌的房子，棱角错杂，平仄似的，倒意趣盎然。还可以看到着布衣的女人袖了手儿，也不叫卖，面前放了竹篮，在风里有一搭没一搭地卖着青杏、胡桃和刚摘下的带露珠的青春一样的蔬菜，笑啊笑的，露出白牙齿。

秋风吹满了山冈。还有许许多多野生的植物，蚂蚱菜、醉浆草、白屈菜、羊角豆、猪笼草……一册老老实实、毛笔誊写的俳句似的，紧贴着山体的肌肤，矮生在那里，将整座山拔高了几厘米。它们的叶子像人的眼睛，一到傍晚就合拢、睡眠，晨风一吹，又轻轻张开，清亮、洁净。大自然给予它们独特的灵性，它们也许微不足道，但确是没有声响的、世间最慈悲的语言。

当然，在树丛中，也会看到蘑菇，软嘟嘟肥甸甸的，有的白嫩嫩，有的黄娇娇，还顶着遍布小圆点的小头巾，可是你不要带小筐子来，它们这么美。

有水流、有植物的山，应该是一座活山吧。是活山才饱含了水分，是水分滋润着活山，而到底谁先谁后，想来也是一个谜。山的缝隙中，是否藏有万物繁荣的秘密？大海和大陆是否有着千丝万缕的联系，才有了这缠磨不清的灵韵？……这样好的一座山啊，好得真想嫁给一个看山人，或干脆嫁给这座山。

似乎走在无限里。在明明暗暗的绿中不知走了多久——晴天也有大雾，走着走着不见了，走着走着又来了。一路留下碧绿湿润的脚印，而心不知所以。

回去的路边，见一株野蔷薇，浅紫色的树干碗口粗细，向上扩大为无数细长青枝，长满了细刺，到了高处，哗啦一下蔓垂下来，形同伞盖，半掩了树下的水泥长凳，凳子落满厚厚的尘土。花开了显然已有好些日子，白花花的，花朵边缘有点卷缩了，竟然还有骨朵被环列在外围的黛色托盘包裹着，细心安妥。

万物不语，而上天自有安排。它们都是有声音的，即便是鸟轻巧落上树梢，风的停留和四处吹散。蔷薇的香气发散出来，于虚无中渐渐变淡。

下车，与树静对，眯着眼就能看到花间穿梭的夕阳，金色、蓝色的云霞变幻着微妙的方阵，天空逐渐转为深蓝。树和天空，与人互不惊扰地沉默着，和人混着呼吸，叫我以为自己也是一棵树了，忍不住想顺着风长到树上去，长到天空上去。

每一样事物都是一个小小的国。它们不在我们的日常生活里，但我们依然与它们有着联系。

我们由此回归到自然的呼吸，看世界遍地神奇，一切美好皆已如愿，开始相信，大自然有巨大的能力，那是来自人世之上的力量；重新学习聆听，爱并尊重土地和生命。一个人的时候，不能与它们相守的时候，常常回想起半生中所见过的大地上的事物。这使我不孤单，也不焦虑，脸上放出光亮。

太阳下山，月牙儿慢悠悠升起。月光无遮无拦，直泻而下，给原野绕上了一层薄薄的纱围脖。南瓜的叶子在变凉，露水上来，树影间落下一地光斑，安慰了一切。星星清亮闪烁，钻石一般沿着天幕低低地垂落，伸手可及，寂静又喧闹，明明灭灭地闪着，有如诉说。偶尔有流星划过，白印子一扯，牵动双目，走到远处。

好长时间没看过这么多、这么亮的星子了，索性再次停车,一心一意抬头看,寻到熟悉的星座,便老友重逢般心生喜悦。想起《诗经》里的星星:"子兴视夜,明星有烂",美得可爱;"昏以为期,明星晢晢",美得洁净;"倬彼云汉,昭回于天",美得壮阔……不觉醉过去,"我"这个容器和里面装载的心灵,无限扩大又无限缩小,统统迷失,不自知了。

看了许久才醒来。低头想,最亮的一颗与我们的距离也得用光年来计算吧?当我们看到它的时候,它或许早已消失。想想这世上值得自己珍惜的东西实在太多,又何止这乡村夜幕中的繁星?真应该抽出时间,仰望一下星空啊,让爱和美滋补心灵,并做日常的坚持——在低频能量场中,花大量时间阅读、观吸、冥想、运动……是生之骄傲,也是解脱之道——人类太注重"有用",仰仗"有用",不想花时间凝视那些"无用"之物,看它们能成就一种什么样的生活。我们已经因为自己的"聪明"丢失了许多根本的东西,比如,星空。我们不再把星空当回事。

唉,可是啊,就算人人都忘记了头顶的星空,这世间还是该有多少美就有多少美,一丝一毫无法减去。到底有多少美?要多少双眼睛才能看得够?美即便不被看到,也仍旧存于那里。

为了看它们，或干脆与它们为邻。真愿意是一卷流水，携带着四季原野的香气，在星光下，不说话，只将身子矮下去，矮到一朵花，矮到一株草木，一枚芽，矮到田地里青翠的莴苣中——

世界在这一刻如此安静，一切声音和响动都好像被抽空，如密封在瓶中的山水和人物。瓶的外面有个更高更巨大的存在，注视着我们。

真想用所有的夜晚来仰望星空啊。

有这样的时刻，一切变得不重要。

世界广大，我们了解的是很少的部分，少到可以忽略不计。这小小村落、这星子和草木，给了我们一条线索，一种与整个世界的联系。

为了能看到头顶的星空和脚下的大地，看很多次，我们要立下壮志：不为外物所役，只被自己的心所牵引，好好、好好地活过一生。

第二辑

他们

他 们

第一章 实 录

这一组,说鸟儿们,和其他。或者说,给鸟儿们,和其他。

确实,我们该对它们说抱歉。确切地说,是他们或她们。

——题记

一次次地死去

——他一次次地死去。

我去动物园,最喜欢待的地方是园中园——"小小动物园"。里面有小小的珍禽异兽,更多的是普通的小动物,大都是家养的,类型那个多呀,连毛儿长得花哨些的大公鸡都有。譬如说我最喜欢的小动物：狗，基本上品种就齐全了——每次去，都觉得自己是去给狗狗们开会。他们不怕我，我也不怕他们。他们渴望我，我也渴望他们。看彼此的眼神，你就会知道。狗狗的眼神是不能多看的——眼神里的那种茫然的天真，多看看就起了哀伤。唉，就像坐在车里向外看人，默片一样，看人茫然、匆匆、面无表情……看久一点也会起了哀伤。

就因为他们，我差不多一个月能去一两次动物园。忙得不得了，孤儿院都没时间去了，可小小动物园舍不得不去。

觉得狗狗比孤儿更孤单。

多孤单啊——每一个都被圈养，各自拥有着自己的一个仅能容身的"格子间"，没事就只能趴着睡觉。

他又长不大，又没有衣裳。

很多时候，他晓得我们想什么，并尽力按照我们的心思去做。可是，我们从来不去关心他正在想什么，渴望什么。

我们老觉得我们是人,他们是动物。我们忘了我们也是动物之一种。

我们一样胖瘦高矮,一样哀矜笑开。

我们给他一口饭,就命名自己为他的主人。

我们给他一件衣裳,就命名他为自己的奴仆。那围起密封的大棚子,锣鼓震天,吆喝着让他一百次、一万次翻同样的跟头、做不同的算术题,不是我们奴役了他,又是什么?

是的,是的,我们从南走到北,我们从白走到黑,到哪儿,都见他在那里,穿着件从没换下过的脏衣裳,不言不语,眼里有着悲伤。

这原本是我们小时候在街头才能偶尔看到的景象。

我们越来越对不住他们了。

那样的演出是不休息的,观者随到随演,什么时间段走进大棚都能保证看到演出,走马灯一样,宾馆 24 小时供应的热水一样。他汗水淋漓——看得清楚的,在哪里的演出，他、他、他、他……都汗水淋漓。他一遍一遍骑车、晃板、拿大顶、钻火圈……放下这个是那个；他一遍一遍算着他心里畏难着的、观者随机出的算术题……

他每做对一道算术题，就被赏一口干粮——这和我们给他的是不一样的。我施他受，仅仅是因了彼此喜欢。

他因此一生中要死去许多次。

他做多少次算术题，就死去多少回。

这样的判断，是基于我的个人观点：他当然同我们一样，有四肢，有内心，最主要的是，有尊严。

因此，每次去到那里，在每一个的小门前，摸摸他们的小脑袋（每每就可爱地低了小脑袋，任由抚摩），与他们分别依偎一会儿，我和他们就都获得了尊严。我获得的还要多一些。我觉得那一会儿我真像人。

骄傲地说，比很多非常不是人而非常像人的人更像。

我想：如果把这样的依偎累加起来，能把那些一次次的死去夺回来一点，该有多好。

能的吧？

葬身腹海的鸟儿

那一年，我生病住院，十天。

第一天，家人到饭店给我煲了一锅汤来。

汤里，躺着一只鸽子。

十天，十只鸽子，躺在汤里。

没有多少油，因为没有多少肉，清水塘里睡觉的一条小鱼一样，卧在那里。他一律那么瘦小，都有点鳞峋的样子了，没有带着雪白羽毛时的神气漂亮和柔软圆润。也并不拆分，或许因为瘦小而不值得拆分吧。

从小听惯了和平鸽、白兰鸽的美丽童话、歌谣和诗篇，乍看他那样，的确接受不了。

他们原本都应该在白云下面，在草地上，旁边有树，"扑棱棱"飞上飞下，迈小方步扭一扭，和其他鸟儿（鸡）蹭来蹭去地对对歌，或吵吵小架。可是，他在我肚子里，一只，一只，一只……我吃了一群鸽子。

这些年里，不好好吃饭时，肚子偶尔也叫，我就怀疑那是他们在笨笨地、可爱地扭动脖子："咕咕""咕咕"……

有时候，做事熬夜了，会肌肤晕白，眼睛通红，就觉得是他们献给我的精力、气息还在我身上。

也难免有为此难过的时候。难过之后，我们还是把那些我们爱的小生灵不停地朝腹部的海里送。

不拒绝就是罪愆。我们亲手砌起了自己的狱。这是我们所处时代的悲剧。

还不如古时东方的斗鸡、斗蟋蟀，西方的斗牛，到底有"斗"在，壮怀激烈地躺倒在那里，哀伤罢了，还有骨头在，而不是绝对强势的一方吃掉另一方——三分熟、五分熟的，蛮仔细优雅地吃掉，几乎不吐骨头，不忘用方巾揩揩指尖血迹。我们嗜好杀戮的、自然人的本性，本藏得蛮好，却在不经意间被我们泄露了出来。

我们把"斗"和"杀"误会成了"勇"。就算是吧，这种"小勇"也实在是我们人类的大耻辱。

看看，难过不说，还搭上惭愧。想来近期轮回也不至于他们吃人了，但人好像代代吃定了他们。我们已收不住嘴巴。

就这样，那些鸡鸭狗猪牛羊驴，那些鱼虾鳖蛇蝎兔，那些青蛙麻雀知了蚂蚁……那些小生灵大生灵，他们加起来数量并不比人少的样子，有着灵活的腿脚、活泼的眼睛，有着自己的语言和只有自己能懂的爱情，有的跑，有的跳，有的善于攀爬，有的喜欢飞翔……可我们把他们套牢、擒拿、绑缚、射落，全部放在我们的腹海里。

这都不算，一个个我本善良的我们还发明现代化动物监狱关他们疯狂，使用激素药物促他们畸形发育，吃了他们全部的肉和大部分内脏，有时还要顺手砍下他们的角、牙、骨骼、脚掌……砸成粒磨成粉搓成丸做药用。把他们三个星期大的幼仔用玩具幼仔卑鄙地换走，抹上黄油搁在200度的烤箱内烘烤，然后嫩嫩地进献给宾客，换一句漫不经心的夸奖……我们吃到了我们想吃的一切动物——在这个世界上的所有动物里，数我们心眼儿最多，最懂得为自己着想，也最有可能不真诚。面对他们，我们都是王（王后），我们的幼仔是王子和公主。我们非常厉害，非常了不起。

至此，现在的诗人们写不出好诗的原因，一半是他们全部开始了被杀戮吧？诗人们没了可供激动、感动和神驰遐想的缤纷意象（只能怀抱着自己的肩膀呻吟），就等于没了命——艺术的生命（何况，诗人们中间还出现了个别人参与递来刀子、拎走下水的事情）。这和灵感之类无关。

闲了会呆想：来世的我们，要和他们倒个个儿吗？要以牙还牙，以血还血？要父债子还，还是现世现报？

实施杀戮的还罢了，也许不过是个端碗受管、养家糊口的饲养户、猎户、屠夫或厨子。

可吃他们吃得多的人，吃得多还抱怨吃得多不得已的人，亲爱的，你们腹部犯下的，最好你们的脑袋全顶起来——把那罪名。

第二章　寓　言

这一组，写鸟儿。

好久了，不记得了他们的来处，似乎来自我的梦境。你把它看成真的也没什么不对。

因为面对人群，我有时羞涩，期期艾艾讲不多好。

这记述只是适度惆怅而已。但请耐心倾听，他们的哀鸣。

——题记

姑娘的歌唱

要说的这只鸟儿像人。

她的鸣叫像歌唱。

七个音符，抑扬顿挫，组成一个音节（当然，还可以颠来倒去反复变化，以至于无穷），婉转得如同一个姑娘的歌唱。里面有一个高昂但又不失柔美的音符，是最好听的画龙点睛的那一"点"。

她有着修长的、盖世无双的五彩尾巴——简直就是孔雀的，如假包换。同时呢，墨一样黑的，是她头上的羽毛；雪一样白的，是她身体两侧的羽毛；血一样红的，当然是她乖巧的嘴唇。哦还有，粉丹丹的小脚掌……哎，是个白雪公主呢，鸟类里的白雪公主呢。

她多么爱歌唱呀：清晨，她停在枝头，唱，清脆；黄昏离巢，唱，迷离；上午练习飞翔的时间，唱，清越；下午学习柔美舞步时，唱，优雅……嗯，她还没有恋爱过呢，不晓得，到那时，她的歌喉会不会甜蜜得夜夜放光华呢？

然而，猎人来了。

当然，猎人里也是有心软的。她的幸运在于：她碰上了这一种。

他常常静静地听她歌唱。开始时，她甚至还有些腼腆，有些躲闪。后来，每当看到他，看到他专注的眼神，她的歌声就更加悠扬。当然是多么难多么巧地遇了知音。多么好！比吃到好吃的虫子还要好上一千倍。

她没有被子弹击伤，只是为罩子捕捉。她甚至有些心急，心甘情愿地跳进他的罩子里。

她被这个好猎人——好猎人也是被她的绝美歌声吸引得不得了呢——带回了家。

她被放在一个极其漂亮的笼子里,每天有精良的小米、水甚至牛奶侍奉着。

她不晓得要被关进这么小的地盘。但她多么柔顺,并不是好挑剔的鸟儿,总能忍下来。还自己找些好理由,使自己想开。于是,虽然她没有了枝头,却还是歌唱。

只是,音节里少了那个高昂但不失柔美的音符。像画龙点败了眼睛,没有了神气。

自由和欢乐这些隶属奢侈品的东西到底可多可少,乃至可有可无。她习惯这样的缺失已经好多日子了。

她以为日子就这么过下去了,也不错。

但是,但是……

好猎人的小孩子需要一顶好看的帽子,去比下去别的女孩。

小孩子看中的是她的尾巴上最长、最漂亮的那根——做装饰。

小孩子也很爱她，但更爱自己。

与爱自己相比，爱她就微不足道了。

于是，小孩子偷着打开鸟笼，哭着揪下了她的尾巴上的羽毛。哭着揪，也还是揪的。

她秃得没法儿看了。

而即便小孩子的父亲——那位好猎人回来看到了，也只有作势——当然只是作势，他那么爱他的孩子——作势打她一下而已。比起他的孩子，她当然也就微不足道了。都只因为，他爱孩子比他爱自己，乃至比小孩子爱她自己还要多——多好多。你晓得的。

如果需要，他甚至也可以非常真实地哭着杀掉她，如果他的孩子撒娇耍赖非要他那么做的话。

哭着杀也还是杀。因此，很多时候，很多的哭——无比真实的哭，你不要把它算作数。

她那么美,好像因美才生。

她因此拒绝歌唱。

她不歌唱时间一久,又那么秃,寒碜,呆板,酸楚,好猎人的老婆、孩子乃至好猎人,都对她渐渐失去了兴趣,乃至愧疚。

最后,他们合伙把她丢到荒野里,还美其名曰:放生。是小孩子亲手将她从笼子里取出来,丢到天上去的。

于是有媒体报道了他们"动人"的事迹。尤其是那小孩子,还被选为爱护鸟类的好少年,到好多学校循环着做起了报告。

小孩子的事迹是她的父亲——那好猎人帮着写的。到后来,小孩子不用稿子也能倒背如流,该流泪的地方(譬如:看到路上受伤的小鸟,自己心里是多么悲痛,自己是怎么用红的紫的药水帮鸟儿涂抹伤口,等等),小孩子会停下来及时流泪,包括等着适时该起的掌声。

时间是位大师,他教导世间所有的一切。好久了,小孩子也就觉得她自己的确是帮助了一只天下罕见、歌声罕闻的好鸟儿，而不是别的。

他们祸害了她，还说是她的恩人。重要的是：小孩子学会了撒谎，却当作歌唱。

他们偷走了她的歌唱。

她呢，在以前待过的那个树林里，活着，但生不如死。

她难看，神色冷峻地来去觅食，不再信任何的罩子，包括蛛网。

她都快老了，却不理别的鸟儿，不恋爱，还不歌唱。

永不歌唱。

第三章　遗　事

这一组，给鸟鸣，我所失去的鸟鸣。

我有一百年没有听到过鸟鸣了。

——题记

遗忘了一些的记忆

记忆里的鸟儿无一不有着善良可亲的头面,就连乌鸦也是。

其实,你知道,我们说他难看或叫声不吉祥,都是人类自己的附会——我们太霸道,而鸟儿又太柔弱。鸟儿的鸣唱不过是因为快乐,或是爱情——没错,像你和我为了爱情而鸣唱一样,他或她的鸣唱,大半也来自爱情——那种快乐里的极度快乐。那些快乐的小小积攒,或者说,是真实的、可以触摸的幸福。

关于鸟鸣的印象,最深的似乎就是童年的一次劈面的相遇了,也像我们与最纯洁、最高贵的爱情的劈面相遇,那样来势汹汹。

那次,也是同看到两只鸟儿的相互爱抚一样,我好像一下子撞破了鸟儿的秘密:天蒙蒙亮,还看得见萧疏的星。而我,正在我那棵树冠像揉皱了的碎绸子一样的树旁,循例心无旁骛又极想旁骛地背诗。突然,一只鸟儿(不知道是只什么鸟儿,也许就是一只当时大家司空见惯的云雀)就落在了我的脚边。她用豇豆红的漂亮眼睛看着我,一眨也不眨——她在和我对视!

一个5岁的娃娃顿时给吓蒙在那里,成了石头。

她一时好像明白我的心思,近前来,啄一啄我的脚。也许,她把这样一只粉红的圆鼓鼓的小女孩的脚丫误以为是暄腾腾甜津津的白薯?

很快我就知道不是的,因为那啄是几乎觉察不到疼痛的,或者说,那不过是一种抚摩。

她啄完了,继续看看我的脸,小声地"啾啾"了两声。你知道,孩子的心很多时候就是动物或植物的心,她们是同类。于是,我同样很快地知道了:她在同我说话。

我伸出手去,轻轻顺向从小脑袋一遍一遍地捋着她的毛。她背上的毛毛像水一样滑润,让我恍惚间觉得她就是我的伙伴,或干脆是我自己。

就这样捋着,不知道过了多久——也许,是一个早晨。也许,只是一分钟。我记不得了。只记得那一刻,寂静得似乎天地间只有我和她。我们享受彼此,和彼此给予的寂静。

她在这样的寂静里,突然地就激动了——是的,那不是激动,还能是什么?——她爹开翅膀,飞上了最高的枝头——我告诉过你那棵我的树,她早已经长高,美得像云彩了。

她开始了鸣唱。鸣唱出奇地好听,像我们难得的拨冗旅行,她声音的旅行。

在这样的好声音里,先是另一只鸟突然降临,耳语许久,一大群她的同伴也应声来到了,接着又是一大群……他们错错落落、音符般地落在枝丫上,像身边那棵不开花的树刹那间开遍了花朵,和他们升腾起的香气。像满天里蓦地重新撒开欢儿跳舞的群星,和他们散发出的光芒。

他们开给我看,唱给我听——用不同的声部,甚至有着完美的和声。

至今，我还不太明白她——我的朋友——开始鸣唱和召唤同伴来鸣唱的原因——是因为她所受到的我手的爱抚？还是，像我们常常要捉一只鸟儿来看看它到底多有意思、能不能学舌什么的一样，来表达对人类的孩子的好奇之心和温存之意？还是像传说中的外星人探访似的，借此向所有幼小事物的友好致意？

如果说鸣唱意味着鸟去鸟来，那么，诗歌还不是人笑人哭？一样。甚至，较之人踱步蹙眉采到的诗歌，鸟的鸣唱来得更自然和朴素些——因此更优美些。

那个露水打湿的早晨，我把诗歌丢在一边，把鸟鸣抱在怀里。

这个有鸟鸣参与的早晨的其他记忆全部模糊掉了，譬如背了什么诗——有鸟鸣，要诗歌做什么？也许如果一直有鸟鸣，我们就不记得什么诗歌了。

我只记得我的鸟鸣。

另外的光芒

鸟儿的鸣唱是一种光芒，天赐的光芒，如同月亮照鸟儿胸腹的柔软和温暖，是任何一个触摸过它的人都曾经有所感受的，而鸣唱皆起于那里。姑且让我们认为那里就是心吧，一颗小小的心脏，"扑通""扑通"地躁动着，随同身体飞翔——或者比身体飞翔得更远的心脏。那样生动蹦跳的声响，从他们或长或短的嘴巴里传出来，就成了按捺不住的激越、动人的鸣唱。

鸟儿当然会遇到猎枪——这在以前和现在都没有杜绝过，没有。这是个很奇怪的现象——人类是杂食动物，已经有了很多吃的，稻麦蔬果，肉蛋奶——很多肉都是大型动物的绝好的肉，譬如牛、猪……从陆地到海洋，人类的一张嘴巴遮天蔽日，一副肚肠肥水横流。可人们啊，为什么还要盯向空中呢？

我们可从没听说过有哪一只或哪一群鸟儿有吃人的打算。从来没有。

空中的遁逃是无济于事的，人类是最聪明的万物灵长——我们砍伐森林、烧光草地，然后举起了猎枪……

因为猎枪，所以喑哑——他们不再鸣唱的原因是这样具体而冰冷。他们惊惶地躲避猎枪，所有鸣唱的器官都打上了封闭、石膏，最后退化，慢慢僵死。

这太阳下的杀戮导致的是:我们失去——失去他们的信任,失去他们的友谊,失去他们的庇佑,失去他们的欣悦,直到失去我们的幸福。

我们因为使用了猎枪而从此变成了鸟儿眼睛里最强硬、最残暴的猎枪,也从此失去了鸟儿的鸣唱,那种大地上空另外的月亮。

那种光芒。应当无所不在的光芒。

不在了的光芒。

——我诅咒猎枪。

卑微者

这一个,给卑微者。

他们住在我住的这条街。

——题记

1. 卖艺的

相比较而言,葫芦丝是件比较好掌握的乐器。但要想演奏得精彩动人却是很难的事——一不小心,就吹得不像丝,像葫芦。跟拉小提琴似的,弄不好就像锯木头。

我听到了几乎可以开口说话的葫芦丝。

它在我每天经过的街角,丝线一样,飘过来,缠绕了我,拔不动腿。

那个听不见声音的老人有 60 岁了吧？一捧荆棘样的胡子蓬乱斑白。他趸在那里，仿佛生了根。

他的"缠头"在那里，一个用纤维纸板做的牌子，倚着一块半头砖：一元。一个大搪瓷缸蹲在他面前。

我不是由于别的，完全是被乐曲感动，弯腰，搁里面 5 元钱，带着羞愧——这样精湛的表演，我们在演奏大厅听听要交 500 到 800 元不等。我的脚步像猫。

他的手势简单：指着写有"一元"的纤维纸板。

我忙打手势回应他——摇动："一元？不对。应该更高。"竖拇指："你真棒！艺术家。"

"艺术家"三个字是心里称呼的，表达不出。

他分明读懂了我的赞美和尊重，眼睛里发出双倍的光亮。

但他还是坚持，欠起身，从缸子里，从为数不多的一元硬币里，一枚、一枚、一枚、一枚，比较费力地挑出四枚，示意我弯腰（我就弯腰），然后，轻轻排在我的手心。

——他找给了我钱。

他只拿自己该拿的。

我哭了。

他惊愕,不知道我是怎么了。

我也不知道。

2. 拾　荒

他拾了金——在垃圾箱里拾了 80000 元钱。

他是从遥远的东北流落到本地的,因为偏信了传销团伙的忽悠,被骗得身无分文,好不容易逃了出来。又由于种种原因,怕丢人,怕坏人知道了家的地址连累到家人,胆子太小,他没敢直接回家——也没钱——只是混在拾荒者的人群里,胡乱捱时光。

慢慢地,他就真的成了一个拾荒者。每天天不明就在那个区域到处走着，找那些瓶子、罐子、纸板子，换成馒头。

他妄图攒够回家的路费，那可不是个小数——一眨眼，他已经离家几年了。那个区域居然天上掉下"馅饼"——80000元！

他没思考，直接送到附近的街道办事处。

街道办事处大妈热心呀，就展开"人肉搜索"。别说，还真就找到了，那糊涂"人肉"。

感激呀，那伙计。是个好大的款儿。感激得不得了，从里面抽出1000元，塞给他。

他有点不好意思，捻着衣角，那破烂不堪的衣角。可他毫不犹豫地接过来，简直有点迫不及待地"抢"——他多么需要！

他想念这张车票（在他眼里这当然是张车票）想念得发疯。

我望见他穿着龌龊衣服匆匆走远的背影，想起自己的龌龊。

我若是他，会大哭着直接买了车票回家，什么都顾不得。或者，就是上缴，也会哀求：留给我一点吧，我要回家。

3. 怜　惜

有些年月了吧？是在公交车上。

那一次和平时没什么两样——挤得要死。刚刚下班的我也蛮累，好在没有老人上来。谢天谢地！我心里一直在祈祷：别上来呀，别上来呀！求你们啦老人们。在我身前的座位上，有一个小伙子，一看就是农民工兄弟——有些卷角的夹克衫，身边的柳条包跟小山似的。哦，春运期间，大概他急着要回家吧？

然而，祈祷也没什么用——在本埠最大的医院那一站，到底上来了两位老人。

一看便知是夫妻，来自乡村的老夫妻：老伯伯身材高大，头发花白，拎着个大塑料袋，可以隐隐看到里面是中成药包啊什么的，鼓鼓囊囊的；老阿姨瘦嶙嶙的，脸黄黄的，明显不太强壮。

这还有什么说的？我"嗖"地站了起来。

可是，老伯伯和老阿姨百般地不坐，客气得吓人。我倒有些尴尬地站那儿。如京戏上丑角儿摊开两手常说的"给干那儿啦"。

然而，奇怪的是，一个有些疲惫、有些邋遢的小伙子一让，老阿姨痛痛快快地坐下了。老伯伯还歉意地欠身对我笑笑，再笑笑。

我更加尴尬地重新坐下。

老阿姨一俟坐稳，便招手让老伴坐在她身边的台阶上，老伯伯听话地坐过来。老阿姨又十分自然地招呼小伙子，说："来，孩子，你也坐下。"

小伙子顺从地坐在了她的脚边。老阿姨不时微笑地看看他。老伯伯和小伙子并排坐在那里，旁边是一个慈祥的老妈妈。

唉唉，这是多么和谐温情、无论你我、一家人式的画面啊。

再看看自己身上：价值不菲、做工考究的修身套装，据说一辈子不勾挂的蝉翼般的长筒丝袜，还有，当然——主要是那顶帽子，和那里来的香水味。

老伯伯和老阿姨他们不认可我！他们隔着我，远着我，和我见外，和我不好意思放开说话，不好意思坐我的座位……他们和小伙子，是一家人。

他们不知道，这样却是真正地委屈了我。

突然有些泪盈盈，虽然没有流出来。我真的蛮委屈。

要怎样才能让所有的人都知道，万物虽有多或寡，有不同形式的肉和骨，但长着差不多的灵魂。

4. 女孩子的心

地点：公交车上。

我加班，坐最后一班车回家。

在一个站点，上来几个人，有男有女，也就十八九岁的样子，口里嚷着累，还带点口头语，蛮可爱。其中有她。她一声不吭。

她似乎也是一个打工妹。也许是在某个工地帮忙干活儿，也许是时间紧，满身石灰点子的工装没来得及换下来，脸也不干净，还戴着安全帽。如果不是一绺长发从帽子底下探出头来望四周，简直看不出她是一个姑娘。

人并不多，入座率70%吧。伙伴们各自找了一个座位坐下。只有那个姑娘，仍旧站着，而她身边就是一个空座位——空座位旁边是我。

伙伴们大声吆喝着让她坐。她还是站着，一只手拉着吊环。

伙伴们都有些着急了，"坐下呀""坐下呀"地嚷嚷。

她还是摇头，笑笑，不为所动。

最后，伙伴们开始生气，"怎么啦？""你傻啦！"

其中一个还站起来，使劲前倾了身子，勾着胳膊拽了一把她。

她怎么了？她指了指自己身上的衣服，摆摆手。可为什么，她的眼里一点一点地漫上了泪水？

哦，一定有什么伤害过她。比如，因为这脏一点的衣服，蹭着了别人，或干脆没蹭着，而被呵斥被轻视被讥诮被鄙夷过。

就像我看到过的，农民工兄弟拎着大大的、有醒目条条的化纤包行李上车时，司机对他们极其不耐烦、不尊重地喊道："买票、买票，给行李买上票！！！"而对西装革履搬胖胖轮椅车的，他视而不见。那种大庭广众之下粗鲁的吆喝，当时一定也刺痛过那些兄弟的心（我也愿意把他们的心说成是女孩子的心，敏感而易伤的心）。

望着她的泪水，禁不住记起上大学时，常去食堂拣我们吃剩丢掉的馒头的一个10岁左右的小女孩。她那么乖那么小，有着长长的睫毛和脏兮兮的脸蛋。一直忘不掉，我为她洗干净口鼻，带她去操场一起打排球的情景，她鸟儿一般飞来飞去"嘭""嘭"击打的声音，"姐姐""姐姐"不停唤着的嫩嫩的童音，她笑开的动人的笑靥，和毕业分别时她的泪水。年初同学聚会时，大家还在问彼时看似清高、不太与人交往的我为什么那么有兴趣老和她混在一块儿吃吃喝喝、打球散步。我说不清楚，也便一笑而过。

其实，那时，我怕的就是她长大了，失去自由、优美、飞翔和骄傲的心，一个女孩子该有的心——至少一个阶段内该有的心。

那一刻，望着车上的女孩，觉得她就是我的女孩，拣馒头的女孩。

多么心疼她丢失了我那么想给她的自由、优美、飞翔、骄傲的女孩子的心！

多么想一把拥她过来，吻着她的额头，轻轻对她讲：他们伤不到我们。

这座位里有我们的一个。来，我们坐下。

5. 她知道我不是笑话她

其实，那真的是太平常的一个傍晚。

我走在她们后面。有些远远地,有意无意地跟着。

一队大嫂——真的是大嫂,就是看上去实打实是大嫂的那种。她们蛮可爱地行走在人行道上。是的,蛮可爱,我的第一感觉就是可爱。

她们大概是清洁工,似乎在哪个重要场所集中劳动归来:身穿统一的橘红的坎肩,橘红的帽子,有的帽子歪了,有的帽檐像调皮的小男孩一样朝后扣着,一律胖胖的,有点像企鹅。有的是浓眉大眼脂粉全无,有的把眉毛弄得弯弯黑黑的,脸上还化有淡妆。她们全都带着工具,有的扛一把扫帚,有的拎一把小笤帚,有的干脆推一小型板儿车。

她们用方言小声交谈着,粗壮的手不停地挥舞着,有鲁莽些的胳膊肘儿拐着了另一个的脸,那一个就嗔怪地瞪她,她就连连呵呵笑着赔情,那一个也便捶她一下,闹在一起。她们谈些什么我听不太清楚,大概总是些有趣又令人愉快的话题。劳动完毕,脸脏心净,满怀舒畅,推推搡搡,像一群孩子,像一群鸽子。她们那么清洁、那么纯洁、那么顽皮、那么可爱,那么……美。

唉,就是那么美。我忍不住快步走到她们前面去,然后回头——专门地、认真地回头,"哗"地笑开。这里面有问候、欣赏、歆羡、爱慕、向往和赞叹的意思。我笑了,但马上后悔了——天晓得,我绝对不是笑话她们。我不晓得她们晓得吗?

她们中那个鲁莽些的也是最可爱的,走在最前面。她先是愣怔了一下,再左右看看她的同伴,好像在疑问:这人,她是你们的熟人吗?她是在对你们微笑吗?

同伴们的一脸一脸的茫然等于告诉她:她不是。

然而,了悟这种东西是很怪的,它不挑人,甚至不挑物种,有时全在瞬间的相互感染和融化。她很快——我推测她忽地就了解了我的意思——她很快便回了一个微笑。

接着,她们都回了我一个微笑!

因为这一圈子来自陌生大嫂的美丽的微笑,洞察的、童话的、含着"明白了"和"你也好"句子的微笑,那一天,几乎成了我一生中最美妙的一天。

6. 贵胄之家

她生下来就被丢在路边,被现在的养父偶然捡到。养父是个贫寒无依的失语者。养父含辛茹苦把她带大,那细心把他变成一个母亲。养父还咬牙送她读书,期望她走出贫困,有光明的前程。

她读书蛮用功,成绩也好。

可突然,养父遭遇了一场车祸。肇事者丢给他30元钱,跑了。当她被邻居从学校拉出来急急忙忙赶到医院时,养父正在急救室里呻吟。

借不足手术费。

自然地,她想到去亲生父母家,去请求资助——并讨还一些什么。

她不晓得"爱抚"两个字怎么写。

好吧,那就去,去请教那具体写法!哪怕仅仅为了养父。

她的愤怒和怨恨已经成山成河，差不多要天崩地裂，要一泻千里了。

踩了许多的石头路到了那里，她的愤怒和怨恨还未及喷涌，泪先上来：

那是个什么样的家呀？从院子到房屋，一概破破烂烂东倒西歪，没有什么家具，电灯都拉不起，连碗橱都没有，连筷子笼子都没有——筷子沾着硬硬软软的粥糊，被乱乱地丢在这里那里，自卑，惊惶，满面忧戚。

没有，没有母亲——她在十年前，就已因思念被送走的女儿而精神恍惚，去山下提水时失足落水而身亡。

没有，没有姐姐——她在一年前，就已因家境寒素相亲屡屡未果，致使精神抑郁，自杀身亡。

有，有弟弟——他在大树后面躲着藏着，小脸脏得不能看，偷觑着陌生的姐姐，默默流泪。没有学费，他已辍学。

有，有父亲——哦，父亲，他指甲缝里满是辛苦劳作的乌泥，皱纹生成滩涂，穿着已经泛白的中山装，衣服领子卷曲得和两片枯叶一般无二。

他看到她，愣在那里——他以为死去的大女儿又回来了。他搞不懂：这是怎么回事？该欣喜，还是哀伤？不，不害怕，自己的女儿怎么会害怕？鬼也不怕。要拥抱的，还要亲。

但很快，他便想到是她——她也是父亲心头流血不止、永世不得痊愈的伤口啊！那一年，生下她，家里突遭大火，一应所有被烧了个精光，不得已才出此下策。然而究竟后悔和痛苦，哪一日都没有忘却。这后悔和痛苦有多强烈多持久？我们不晓得。只听见，那样一个讷言、老土的父亲，他扑过去，抱住她，涕泪满腮："娃儿，你……你咋回了？！……你……你不知道我是多么地思念你！……"

他的嘴巴里竟说出了"思念"这样书面的字眼，我们平时都不大好意思吐口的字眼。

他最终还是知晓了原委。他一丝都没有犹豫，掏出家当——他的身上带着他所有家当——98元钱（10元、10元、5元、5元、1元、1元、1元、1元……），一把塞给她，说："给你爸爸看病。我对不起他。"他强调

"你爸爸"三个字，咬得山响。

她就推。他那样愧疚那样贫寒那样衰老那样风霜，她拿不动这沉甸甸的98元。

他执拗地不接，塞给她，再塞给她，都快生气了——哦不，他没有资格生气。于是，最后，他只能眼泪鼻涕滴下来，说："你拿着。"

她就拿着。一眼瞄见树身后面的弟弟，哪里忍心就这么带走他们生存活命的钱？不说上学读书那种高远得没谱的事，他们吃什么？要怎么活？

那孩子也像父亲，虽然无声流泪，却坚持不接。钱落在地上。

她只好取了其中的10元，在父亲爱的痛的锥子一样的目光中，满面泪光地回到医院。

养父还算幸运吧，在她学校的捐助下，顺利做了手术。

她还给他细细地洗脚，一下、一下，撩着泉子里挑来的清澈的水，叮当叮当，养父的心都随着起了舞蹈——幸福呀，笑容那么灿烂，多年的辛苦蛮值得，一瞬间就得到了回报。但并不仅仅由于女儿给自己洗脚，当然不是洗脚这件事，这又算什么……真的觉得有女万事足，仿佛世上一切都不重要。

没有，她没有告诉他自己去找过亲生父亲的事。她怕他误会、伤心。

到底误会和伤心回避不得，这世界就是你怕什么来什么。那亲生父亲他，日日良心不安，还心疼养父养育的不易。这成为一种折磨，这折磨随日脚加剧，比贫穷还教人难过，以至于他居然懵懵懂懂，在某一个响晴的天气里，提了礼物，一路打探，穿山越岭来探望养父了。吓死她！

开始，养父满面笑容，非常客气和热情地让座让水。但后来，父亲开始说起一些感激的话——感激养育，感激，感激，车轱辘转，喋喋不休。

养父脸上终于不对劲了。他收敛了笑容，猜测到什么，并明白了一切。

他开始频频看表,最后干脆走到一边,不再理他。

自此,他开始生女儿的气,气得哭。甩她的手,冲她支支吾吾,比比画画,还瞟白眼。像个小孩子。

她也就耐心地追着,"爸爸""爸爸"地唤着,解释着,表达着自己不会离开爸爸的心愿和决心。

养父还是别扭着,想不开。他在吃亲生父亲的醋。这可怜的父亲的心。

她说啊说的,直说到养父车祸住院没钱时,泪才下来,说:"我爸爸不手术有生命危险……那怎么得了?"她把养父"失去生命"看成"怎么得了"的事。

亲生父亲来了。他说:"她的爸爸辛苦带大她,我不能把她带走。"

相见刹那,养父完全没有了生气、敏感和怨恼,他郑郑重重地拉了女儿的手,"说"了一大通话。

他的女儿全部听得懂,也翻译了一大通话。

主旨就是：你带走女儿，你更需要她（她大了，很懂事）。我没有什么。你放心。

那亲生父亲，他走过来，蹲在养父的面前，握着他的手，说着以前他说过的话。

他们眼睛里都泛着泪花，擦了还涌，擦了还涌。

就这样，我们看着他们——这两位父亲把他们的家当——女儿——他们珍重得像自己的眼睛一样的珍宝，让来让去。

那女儿，她坐在中间，幸福地被推让着，默默无语，含泪微笑，清隽白皙，颈项修长，像一名真正的公主。

诗　者

王维：在大地上

1

不知道他对一座远离人群的房子有多渴望，才会对辋川那么孜孜以求？也不知道辋川有多好，他一生四次出家隐居，其中有三次都选择了这个地方。

房子有多重要？可以容身，给人安定感。而让东方人心安的很重要的理由，是有个可以容身的方寸之地，谓家之所在。

那个地方，以及王维住过的那所有名的房子，都叫辋川。他本人也曾因辋川而被称为"王辋川"。

辋川开始是宋之问的。王维得到辋川时，宋之问已经死了。对于一个以写美著称的人,辋川的美一定是迷惑了他。不然,他怎么单单要购得宋之问的别墅呢?那个人的是非且不论,他对于美的敏感还是有的。

王维晚年隐居在辋川,终日跟好友裴迪游山玩水,弹琴赋诗。这一年夏天,沉醉于山林之乐的王维看到了夏日阴雨天后的山野村庄的秀色,忍不住挥毫一首《积雨辋川庄作》,有人把它推为全唐诗七律的压卷之作:"积雨空林烟火迟,蒸藜炊黍饷东菑。漠漠水田飞白鹭,阴阴夏木啭黄鹂。山中习静观朝槿,松下清斋折露葵。野老与人争席罢,海鸥何事更相疑。"

连日的阴雨,山林里水雾茫茫,悠闲漫步,俯视山下,炊烟袅袅,农家中午开饭早,做好就送到了田间里,一家人说说笑笑地吃着。放眼望去,水田密布,四野苍茫中惊起几只白鹭;眼前幽深茂密的林野,枝繁叶茂间或有黄鹂的婉转鸣唱。清晨早起去看朝槿,朝开夕谢,品味草木枯荣和人生无常的哲理;到那松树底下品尝素斋,采集露葵来佐餐;若厌倦了此间喧嚣,便寻得一处怡然自乐,与世无争。

他在这里前后隐居了 14 年。

在追求浪漫主义和完美主义、"诗中有画、画中有诗"的艺术家那里，实际的问题是排在靠后一点的。而生命和生命的质地是如此不同，从一开始就有了分歧和争端：他更注重心灵生活的质量，对他来讲，通过自然或艺术去感知一种审美创造的魅力，应该是最紧迫且重要的。即便他已经开始老去，尽管所有草尖上的绿意都会老去。

读毛姆的《月亮和六便士》时，我像突然被烫到似的呆在那里。他好像在写他和我们，任何一个的感觉和向往。那是第五十节的第一段——

> 我认为有些人诞生在某一个地方可以说未得其所。机缘把他们随便抛掷到一个环境中，而他们却一直思念着一处他们自己也不知道坐落在何处的家乡。……这种人在自己亲友中可能终生落落寡合，在他们唯一熟悉的环境里也始终孑身独处。……有时候一个人偶然到了一个地方，会神秘地感觉到这正是自己栖身之所，是他一直在寻找的家园。……他在这里终于找到了宁静。

让人钦佩的是，王维不是像许多人一样，仕途无望才回身隐居——他十几岁时就考取了进士，而后一路升职到右丞相，已经在世俗生活中证明了自己的价值。辋川就是他一直在寻找的家园。他在那里解除了疑惑，原谅了人，因此，它更明亮，也更宁静。一个人，只有这时，心里才生出一些时刻增长着的力量，就想去爱这个世界，一些美好的愿望可以转变成事实……它显得尤其珍贵和神圣。他在这里找到了自己的人生，它也从地理走进了文学，从长安走进了世界——就算长安成了西安，辋川依然是辋川。

2

王维31岁时，妻子去世，他余生再没续娶，且单身30年，禁肉食，绝彩衣，居室中仅有茶档、茶臼、经案、绳床，此外一无所有。而大诗人崔颢，不断地换老婆，《新唐书》上说崔颢"娶妻惟择美者，俄又弃之，凡四五娶"。两个好朋友真是两个极端，谁也影响不了谁，都是有大主意的人。王维的弟弟王缙，虽然和王维一样受家庭影响，信奉佛教，却生活奢侈，妻妾成群，也与他清寂自苦的情境完全不同。

王维是有重度洁癖的。几十个人打扫辋川别业的卫生，两个小童天天绑扫帚。试想一下，一个有重度洁癖的人，在人际交往方面多多少少会有些障碍。谁也不能选择父母，不能选择出生，但谁都能选择余生——他选择了让自己最自在的一种活法度过余生。他无法像贺知章大隐隐于朝，或像李白挂冠求去大说大笑走天涯，折个中，就是这样子了。

人性如谜团，隔山隔海。人和人的区别，有时比人和动物的区别还大。

于是，之后十年，他开始迷恋山水，来往于朝廷与辋川之间，既做官吏，又当隐士，往返于人类斗争与自然情调之间。官场的险恶伤害了他的心，辋川的美妙又给他以抚慰。他就是这么生活的，带着周身自然而来的丰饶与简单。除此之外，他的任何举动都可能是下策。他不是天才，但无疑天分极高，可以说与天才仅有一步之遥。正是这个安全的距离，使得他既有能力懂得天才，又不至于走天才的苦难人生路。他进可攻——出仕，退可守——去辋川。

辋川，一条河流，两岸青山，绿温柔得像梦，天蓝得叫人落泪。仅仅是这种结构和色彩就区别了乡村的小巷和城市的大街。更不要说还有许多花比人多的好去处，怎么说也得方圆几百里吧？无论哪里，人烟总是很稠密，但这里却稀疏得终日看不见个人。

他在那里栽种了银杏，至今挺立，证明着树比人更长久。

王维沉埋在书画、音乐、树木和鸟鸣里，像邀神同住——那些他少年时代就已经玩得很精熟的项目陪伴着他，朝暮与共。好像时间还不够用似的，因为日头常常被什么牵着，一眨眼就从东飞到了西。其实，除了诗歌、书画、音乐这些来自生命的吟咏之外，他还"风流蕴藉，语言谐戏"，就是说他举止大方，言谈幽默，帅帅的，很有人格魅力。

但尽管如此，岁月纷乱，毕竟摧残了这位老人，病痛开始有了。他也有了些寂寞，常常拄着拐杖，站在门外，眺望辋川的落日和满天飞霞。暮色之中，稀疏的钟声，归去的渔夫，飘走的柳絮，柔弱的菱蔓……对于有经验的艺术欣赏者和参与者来说，审美体验与宗教体验的融会贯通，可以使其摆脱寂寞的困扰，回归自然本性，在心灵上处于自由的、无拘无束的状态。他看着看着，就转身回到他的屋子。

他闭起眼睛，且听风吟，寻找着解脱的路径，并企图超越生死之界。他的心苍凉而温暖：大自然的一切都是那样清寂、静谧，既推开又拥抱，既生灭无常又充满生机。也正是在这与大自然至真的契合中，他感到了前所未有的愉悦，苦痛、寂寞也得以化解。

他与花木为伴，在花木身上温习了一种东方美的过程，也温习了一种古人安放生活与精神的过程。他坐守辋川，安放自己——不必一定是座房子。也许，只是回到内心。

他心满意足。如何把人生创造成最好的、最美的、最快乐的，自己对自己都满意，活得让自己心满意足，也让旁边的人能够感受到这是一个心满意足的人生，看看王维便知。

什么叫岁月流金？"清泉石上流"。将杂草如同删除多余的诗句似的从大地上除去，然后他就写诗。由于他在自己的文字下面上足了生活的肥料，所以，那些诗行总是长得很繁茂。这一点和很多其他诗人的诗不同——他的诗不是草本的，而是木本的。他的诗不属于任何一个季节，只属于时间。因此，他的诗成了我们文化中一种丰稔的收获。

他在许多后人身上开花结果——在苏东坡身上,他干脆重新诞生了。

3

王维的恬淡诗作中,有一首诗堪称多情。

其实,直到现在也有苛责他无情的言论。是啊,不说别的,就看一样经历了"安史之乱"的全过程,杜甫写成了"诗史",他却只有一句"百官何日再朝天"触及了那事。

就像所有人都哭的时候,允许有人不哭。都可以理解。况且,对于忧伤,有人爱说,有人不爱说。

杜甫和王维有个共同的朋友——李龟年,他们在安史之乱后,同样为李龟年写过一首诗。此人是盛唐最红的艺人:唐玄宗是他的知己,为李白献给杨贵妃的诗歌谱曲,是王公贵族最喜欢请的娱乐嘉宾。他们三个人也经常在座席间不期而遇。王维这首诗应是在其30岁之后写的,盛世犹存:"红豆生南国,春来发几枝。愿君多采撷,此物最相思。"红豆是南方的一种植物,果实鲜红圆润,外表晶莹剔透。人们用红豆表达相思,有男女之情的意蕴，但王维本意并非如此。即便如此，在王维的诗作中，这首诗依然堪称多情。王维在北方，而李龟年在南方：转眼间又到了一个春天，朋友间的相思之情在你那里是不是又多了几分？希望你多多采摘，因为它最能寄托相思之情。此诗由李龟年谱曲弹唱出来，轰动一时。

觥筹交错的日子转瞬而去，动乱来临，杜甫从河南洛阳到甘肃秦州、同谷，再到成都、长沙……一路颠沛流离，时常徘徊在活不下去的边缘。

李龟年呢，本来跟着玄宗逃往成都，结果却掉了队，流落到长沙，靠街头卖艺为生。

在长沙，杜甫又一次遇到了李龟年。这次相遇之后，杜甫写下了《江南逢李龟年》："岐王宅里寻常见，崔九堂前几度闻。正是江南好风景，落花时节又逢君。"

沧桑岁月，物是人非，悲情故事，杜甫一个字也不提，却突然说了两句莫名其妙的"寒暄之语"："你看，正赶上江南这么好的风景，我们在落花的季节又相遇了。"

话外之意，那说不出的感慨，何止万千？

一个是 59 岁的杜甫，一个是比杜甫还大的李龟年——我们还有再见的机会吗？没有了，没有什么未来了。积攒 40 年的情绪排山倒海地涌过来，但在那一刻，杜甫把这些全都压下去，唯一讲的是什么呢？就是轻描淡写地来了句："正是江南好风景，落花时节又逢君。"

可以想见，杜甫遇到李龟年的那次，李龟年也曾弹唱过这首《江南逢李龟年》。据说一次李龟年于湘中采访使筵上唱这首诗，满座遥望玄宗所在的蜀中，泫然泪下。想象一下，也许会是这样一番景象：杜甫路过一个酒馆，听到一段熟悉的歌声。音乐响起时，酒馆里的人们纷纷把手中的酒杯放下，有人沉默不语，有人掩面拭泪，已经有 40 年没有听过这首歌了。等那衣衫褴褛之人走出酒馆，杜甫迎了上去，两位年过半百的老人相遇了——加上那首歌词，三位年过半百的老人相遇了。这首让许多人垂泪的诗，已不再局限于友情或爱情，而是思念故都、故国、旧国君的载体了。当然还有一代人的衰老，没有明天的未来，永无再见之日的黯然……从此，三个人果然再没能相见，"又逢君"成为江南一梦，最后之梦。"最相思"的红豆到底也再无寄托，撒落风中。

4

与李龟年、杜甫的命运不同,王维求助于大自然,并简食布衣,顶着失国失家失去老友……一切都失去的重压,了却了残生。

在这里,只有"空山不见人,但闻人语响"的空寂,不免"返景入深林,复照青苔上"的镜像。空山里万物宁静,只能听到人语的回响,既在刹那,又在永恒。那种回响宛如来自另一个世界。阳光倾盆,透过密林射在青苔上,四壁的绿衣是另一个年代里的雨水,带着冥思苦想。草木的香夹在雨里,更点缀了环境的凄清,让人身世两忘,万念俱寂。其实,是不是春天并不重要,自然的四季,人生的四季,每一季都有每一季的美。像他一样,懂得欣赏的人,永远可以在杯中斟满了美酒,与天地同庆。

就这样,他脱掉官袍,搁在岸上,俗世拔身,逃向花木丛中,做成洁净小宇宙。然而,新君欣赏他的才华,对他递交的辞呈没有批准。于是他只得留了下来,半官半隐。后来,他逃到辋川,修炼禅宗,也算遂了心愿吧?一切本无心得,那么在朝在野,又有多少分别呢?

在那里生活的那些日子，没有你低唱我吹箫、温柔失语的桥段。也许是当年与公主暧昧，觉得对不起妻子，自觉忏悔；也许他认为他要建立一个理想国，要在那里过理想生活，爱情就会是这种生活的大敌？他零度写作，一笔一笔，专心写着、画着自己的孤清，好像做着一项神圣的事业。

更有可能，他看破红尘的同时，浸淫佛教，对俗世的爱情失去了兴趣。在那里，他时常邀请好友前往，弹弹琴，画画画儿。泥巴糊的小炉子通红，呼呼地抽着火苗，童儿昏昏欲睡，有一搭没一搭用蒲扇扇着炉火。煮一釜茶，豁出半个傍晚的工夫，喝得肚腹热热的；提一枚灯火，到处走走看看，作作诗歌，对对对子，写梅写桂，写梨花石榴，写牡丹芙蓉山茱萸……

那些花朵啊，有草绿配桃红，红湿露重，雨中的草色绿得要染上衣来，水上的桃花瓣红得宛如燃烧的云霞——"雨中草色绿堪染，水上桃花红欲然。"

有绿竹配红莲，绿竹新抽出了枝叶，莲花却要开败了——"绿竹含新粉，红莲落故衣。"

有紫的梅配淡黄柳——"官舍梅初紫，宫门柳欲黄。"

也有紫梅对黄鸟——"紫梅发初遍,黄鸟歌犹涩。"

有榴红对芋绿——"夕雨红榴拆,新秋绿芋肥。"

有白石滩,绿蒲草,清浅又宜人——"清浅白石滩,绿蒲向堪把。"

有春天的蜘蛛在人家角落里结网,晚归的鸟儿隐身在花丛中,慵懒的闲适——"春虫飞网户,暮雀隐花枝。"

有草白对衰木,有冷霜对清月,有烟霭对月华——"草白霭繁霜,木衰澄清月。"

有一汪汪明镜一样的白水,被小路切割的棋盘一样的草地,满树结满黄澄澄橘子的橘林,桃红、柳绿点缀其间——"开畦分白水,间柳发红桃。""草际成棋局,林端举桔槔。"

即使是对一般人来说,这样的独身生活,也是可以过的。

5

那样一个地方,鸟儿断然少不了。多么叫人喜欢。而飞鸟一向是他最喜欢的诗歌意象之一——他写白鹭:"飒飒秋雨中,浅浅石溜泻。跳波自相溅,白鹭惊复下。"

这么干净的诗句,应该出自一颗特别干净的心吧?

想象这么一幅画面:溪水前浪后浪追逐,碰在高高低低的岩块上,时而形成一个深潭,时而出现一个浅湾,溅起的水珠像小石子,击在白鹭身上,惊得它展翅飞起。再瞧瞧身子底下,水珠一点儿也不以它为意,一点儿也没吓唬它的意思。白鹭一身白羽,映着山光,一双长脚插在水中,定住神。至此白鹭懂了——因惊而悟,悟到这是一场虚惊,由起复下,下到溪底再次安心觅食,不再一惊一乍。知道用不着防谁,更不需要戒备,天地间原是如此有情,又看似无情;如此可亲,又仿佛不可亲;在身边,也在高处……它像一个人一样,经历了一场虚惊,而增添了勇敢。

辋川诸作中的世界是另外的世界,这个世界正适合感悟天地自然。这一类作品有《文杏馆》《鹿柴》《木兰柴》《柳浪》《辛夷坞》等。古时文人对大自然的歌吟，对大自然的敬惜，处处都有所体现，且大都保有与万物相通的纯真之情。因而古人都能感知万物皆有灵，能相互以一种人眼看不见、人耳无法听的方式，彼此沟通、表达和相惜，并智达四方。同时，无处不在的天机也促使人消去了尘虑。

现实纷乱，分身不得，心灵会悄悄抽离，不出声地逃到一个安静而丰富的世界，能不出来就不出来。个体的生命总是短暂的，人是孤独的，一旦将人生与大自然相互融合后，就会产生生之自信，以及一种延伸生命的感觉。因此回归自然后，人就关闭忧伤，开启了智慧，知道我们原来与大地是如此亲近，开始看见它的美，并获得它浩大的支持和呼应。而大自然自有它独特的语言模式，自有它别样的展现方法。只有用最纯真的天性、最诚敬的态度，才能用"心"去听出来，去读懂它。每个人心里都有自己的一个"辋川"。

辋川多好啊，至今它仍那么宁静，那么美，也不见老，仿佛被时光遗忘。

宋之问：不敢问来人

李白是白酒，杜甫是黄酒。和醇厚老酒相比，他这种，就是醪糟蛋——其实已经是一味小吃，可以佐酒了，可也有酒的味道，能喝能吃，解馋管饱，到得肚里暖烘烘的，价格不贵，且卖得很火……

对，说的就是你，宋之问先生。

唐人有豪杰气。这是普遍意义上的总结，可总有例外。

要承认，宋之问在格律诗上具有开创之功，可与写古体诗的苏武、李陵比肩。但是，他犯了一个诗人最不该犯的错误：骨头软。

一名文人总是从眼馋别人的才华开始堕落的，宋之问也不例外：正当他极力粉饰自己、想当好宫廷侍臣之时，有一天，忽然发现：与自己同科考上进士的自家外甥刘希夷的一首诗《代悲白头翁》写得出奇地好！暗自思忖："这小子怎么长进成这样了?!"一时间又妒又恨，心里酸甜滋味什么都有了。

宋之问凭着诗人的敏感，预测这首《代悲白头翁》将成为千古绝唱。他沉吟一阵，想出个主意，并立即找来了外甥，让他出让署名权，换言之，即："将这首诗送给我吧。"

命运无常,就算没犯什么事,青天白日地走在路上,也一把被人抓入监牢——刘希夷不知道,自己压根儿没有妨碍到谁,写首诗就倒了大霉。

宋之问开始了赤裸裸地掠夺——他进一步动摇外甥:"孩子,你看,我已是诗坛名家了,有了这首诗更会名声大振,在朝廷的地位也会大大提高。你初出茅庐,在朝野之中本来就没什么名声,有没有这首诗有什么要紧!"

真是乱讲——人家小荷才露尖尖角,写首好诗,不正好被文坛发现、大绽仙姿吗?

见外甥直摇头,宋之问就退一步说:"不行的话,我就摘用其中两句,放入我的诗里,你看怎么样?不过,你可千万不能对外人讲,要守住这个秘密哦。"

刘希夷社会经验不足,又驳不过舅舅的情面,就点头答应了,可面上笑嘻嘻,心里……咳,就那样。一生中人人几乎都经历过那样的时刻。

当舅舅的把那两句诗用到自己诗中，拿出去后果然人人传颂，都说整首诗中这两句写得太绝了。可是外甥到底年轻，还有被人光明正大盗用自己诗句的不甘，所以，与人交谈时，有意无意竟把秘密泄露出去，原诗也被人传抄出去。人们想不到这么有名的大诗人还会偷别人的诗，一夜间，便口口相传得无法收拾了。

这么一来，宋之问傻了：偷鸡不成蚀把米，真丢份儿啊！

恼恨之余，他便雇了个杀手，将刘希夷诱至无人处，用装满土的大袋子将其活活压死。

死是什么？就是一个人他不能再吃饭，也不能再说笑，你不会再与他相见，从此以后，红尘种种都与他无关了。可怜刘希夷死时才刚满 30 岁，热爱诗歌，并且还没有写够。

杀人灭口，就为了那两句诗："年年岁岁花相似，岁岁年年人不同。"十四个字，字字滴血。

这不像是人可以做得出来的事。

如此想来，这个人简直吓死人——不要说做他朋友、他外甥，就是做他的舅舅，也难免不被这劳什子外甥打了闷棍。

于是，后世的我们每次读到他自然天成、人人都觉得掏心窝的句子"近乡情更怯，不敢问来人""我行殊未已，何日复归来"就惋惜：这样的人品何以笔下也能写出有情有义的诗？可见，诗如其人、字如其人等类似的话多么荒诞无稽。

也是有可能的吧？一是因为他那一刻纯纯粹粹只是诗人心肠，表现的是诗人情操而非弄臣凶恶，而且思乡之情人皆有之，是大概念上的爱与温柔；二是好从苦来，那时节他正倒霉，嚣张收了，流放的艰辛玉成上品好句；三是说起来，诗歌又跳出世俗世界之外，自成一个国，不是一个维度，不能以常理论它。另外，世上的一切都在矛盾的冲撞中前行，花朵有时也叫作灰烬，很多事不是用简单的好坏来划分的，自然人品和文品有时也会出现分离，因人废文不可取。

一些难解的事情连连发生，它们以更为残酷的面目瓦解诗人心里尚未泯灭的温良。他应付不来了。

做了不得已的选择之后,他心里刀子飞舞,却不知将这些刀子插向何处。

开始不是这样的:

十年寒窗苦读,进士及第,为出身卑贱的宋之问开辟了进阶之路。永隆元年(680年),他被分配到习艺馆上班。这是一份没有实权但很体面的工作,他挺满意,专心写作,还算知足常乐。

后来,武则天令人编撰《三教珠英》——一项浩大的文化工程,有1300卷之多。由此,他结识了一些文化名流,过着"日夕谈论,赋诗聚会"的惬意日子。这是他平生最干净的时间段。

再后来的一个机会帮助了他:

游览洛阳龙门时,武则天即兴举行了一场诗歌大赛。大臣们一字排开,奉旨作文,有的抓耳挠腮,有的奋笔疾书。场面相当引人注目。

左史东方虬率先成诗,吟诵之后,武则天大悦,当即赐锦袍一件。东方虬捧着锦袍,叩谢皇恩。

没过多久，宋之问写好，武则天读后赞不绝口，觉得意境更胜一筹——这首应制诗的尾句"吾皇不事瑶池乐，时雨来观农扈春"，可谓将马屁拍得又准又响。

她随手将东方虬手中的锦袍取过来，给了他。

就这样，上天用看不见的手，将世人玩弄于股掌之间——转瞬，锦袍易主。

东方虬的难堪可以想见，宋之问的喜悦自不必说，同时进一步黑化而不自知。

这次诗赛，点燃了他内心深处的虚荣，因诗而名、由文而贵的快感，在披上锦袍的刹那间，如鲜花般绽放开来。一时间，他竟以为自己拥有了整个唐朝的光荣。

从此，他一波览尽一波生地宴游，哪里都少不了宋大才子，锦绣文章上漂浮着的，全是歌功颂德的泡沫："今朝万寿引，宜向曲中弹。""芳声耀今古，四海警宸威。""微臣一何幸，再得听瑶琴。"……勤奋而富有天赋的他，用最华美的辞藻、最虚夸的声调、最动听的颂词，贯穿起他有幸参与的每一次吃喝玩乐。

以诗之名驰骋官场，宋之问无限风光，所谓鲜花着锦、烈火烹油，权贵文人两心相悦。

美酒喝坏了他的脾胃，也喝坏了他的大脑，他竟然想当尿壶——他攀附上了受武则天宠信的张易之兄弟俩，人家方便时，还主动捧起了尿壶……成为坊间的一时"美谈"。

他自己也生得漂亮，竟有心做"易之第三"，为此不惜"陪欢玉座晚"，到底没那么漂亮，而遗憾作罢。

再替他偷句诗来吧："一片冰心在玉壶"，宋之问是"一片诚心在尿壶"，而"尿壶"不管是什么宝玉做的，都是被人家捂着鼻口掼来拎去，不够尊重，甚至没有厚朴、盛米的百姓的瓦壶更平安。

又一个巧取豪夺的机会！喜得他心里那朵小花，再次"呼"地一下绽放了——

神龙二年（706年），宋之问遭贬后回京探亲，此时他的好朋友张仲之与王同皎等正密议要除掉宰相武三思。好友没避讳，将这个想法透露给了他。

政治敏感告诉宋之问：抓住！咸鱼翻身的机会转瞬即逝！

他想也没想，立即转告弟弟宋之逊，并安排侄子出面告发——戴罪立功，说不定还能官升几级！

果然，因检举有功，将功赎罪，得以返京，皆大欢喜：弟弟做光禄丞，他做鸿胪丞，升至五品，由绿换成红色袍服。

可怜他的好友在牢里被三提七问，最终开刀问斩。

这边厢鲜衣怒马，那边厢法场人头。《朝野佥载》里讲，当时天下人无不憎恶宋氏兄弟的行径，都说他身上的红袍是用血染成的。

问题是，他并不在乎——贪婪占据了大脑所有的沟回。贪婪并不是突然哗变，而是一点点侵蚀：常在河边走，哪能不湿鞋？既然湿了鞋，索性洗个脚；既然洗了脚，顺便洗个澡……贪婪的芽苞在最初萌生时，几乎注定了肿瘤一样的繁殖，以及最后的溃烂。

一个人把自身利益放在一切之上的时候，是什么都不在乎的。这是他的力量之源。

卖友求荣，是一次致命的人格变异，如同鸿蒙开辟、万物生成的紧要关头，有的长出巨脚，长足迈进；有的长出龟壳，匍匐前行。从媚附权贵到丧尽天良，从虚荣心到名利心，他的这一步，走得令人不寒而栗。

宋之问并不孤独，从庙堂之高到江湖之远，从古到今，小文人这个群体不绝如缕。中国的知识分子向来有两种面孔：一是忧国忧民；二是忧名忧利。前者不必说，后者以自我为中心，以贪婪为半径，时时在画着自己的人生圆。主子一变人就变，自己一阔人就变，随时换嘴脸，从来不嫌烦。即便于利上不好意思不收敛，于名上，铁定是十分好意思劈手横夺的——他忍不住。

在他后期的世界里，道德、伦理、良知、爱，甚至法律，都不值一提，唯有名利，才是唯一的重心。

成为一个狠人是有代价的，在戕害他人之前，必定先杀死人性，成为心理上的残疾人。

而这样的"残疾人"又有几个得到好结局？在他谄媚武氏兄弟、太平公主、安乐公主终于有所得罪，二次、三次被贬后却依然写诗，不断寄往京城，诉说自己"两朝赐颜色，二纪陪欢宴"的光辉历史，也表明自己改过自新的决心时，新继位的睿宗却完全不吃这一套，因鄙恶他的为人，景云元年（710年），便以"狯险盈恶"这个理由，迫不及待将他从贬谪地越州（今浙江绍兴）再贬钦州（今广西钦州）——给我有多远滚多远！

后来的每一任皇帝都烦透了他，差不多都是一执政马上就处理他，一直到最后，处死，彻底清净了。

先天元年（712年），玄宗继位，才华盖世且无耻之尤的宋之问，终于被下令赐死，在那一心想着回故乡却未如愿的异乡：桂州（今广西桂林）的单人宿舍里。

"宋之问"们比奸佞们更多一层的悲哀是：他们再有才华，也只是个拨词弄句的文人，即使坏起来，也少了些枭雄的胆谋，依附权贵吃口剩饭罢了——流芳百世与遗臭万年都没份儿，最多算逐臭——胡吹猛拍、追逐臭屁而已。

中国历来的传统：于古人，小节能盖就盖，这个可以理解，但大节一旦有损，尤其是手上沾了血，性质就变了。

是的，或许其原本明晓大义——道理比谁都懂，可到底骨子里是精致的利己主义者，加上畏惧权贵、向往财富，他犯下错误。这个错误太大，后人再善良，对故去的人、对古人那么不苛责，也无法给他加过厚的滤镜——脸面上太深的沟沟壑壑还是严重地破了他的相。

得让人知道真相。

后来，因为痛苦，宋之问遁入佛学。

到底是什么神秘的力量，在左右着生命的潮起潮落？不知道他在最后的研究中到底悟到了点什么。

在故乡山西汾阳，宋之问已经被遗忘了吧？他的故事不再流传，他的坟墓早被夷平，没人成立什么宋之问研究会，也没人为他假造故址，甚至没人为他竖立一块简简单单的墓碑。全国到处可见的争名人故乡的现象，在他身上根本不存在——这个堪称天才而又卑鄙的小文人，终于彻彻底底地消失了。而在当地，狄青的神道碑巍然矗立，郭子仪的纪念堂被认真修缮。

说起来，那些英雄和忠良，他们只是为官在彼，三年五载，而后调任他处，谈不上真正的故乡，可是他乡执意地苦留他们,做了故乡人——两相比较,真有云泥之别。

凡事靠夺怎么能真正得到呢?那两句人命诗,现在还不是好好地在原作者名下?不要说区区一句诗,就是千万间广厦,用受贿夺来,百年临了,还不是钥匙拿在不相干的人手里?看破舍得,就睡得安稳觉了。

林逋:暗香残留

宋代尚梅。想起这个朝代,就觉得有细细的暗香来。

来来回回看梅的,都是身兼数职的词人们。宋代重文,庙堂要员里,"文章太守"有几个,他们一边公干,诗言志;一边偷闲,词言情。

梅是宋朝诗人心目中的玉女领袖。

西湖谚云:"孤山不孤,断桥不断,长桥不长。"孤山不孤,是不是因为有他呢?

世间最大的一枚"梅痴"就是林逋了吧?

乾德五年（967年），林逋出生。他幼失父母，无牵无挂。于是，别了家乡，辗转江淮，一直流浪到了孤山下。这一年，他已经40多岁了。

他兀自盖间小茅屋，环屋种植梅。种植不止，竟形成一座蔚为大观的梅林！他打算在这个有一片大湖、湖上有一座小桥的地方扎下根，隐居起来。

没错，林逋的理想就是做隐士。

取大地方寸，日光替移，梅花便花开花落给人看，这是大自然的慷慨。这种浓福，似只应低欲望群体得以尽享。

有人见他孤苦，好心执柯作伐，被谢绝——他将自己认成梅的丈夫，还将梅林里飞着的鹤取名"鸣皋"，一心当成和她爱情的结晶去饲喂。

秋末冬初，他顶着霜降，忍住大寒，采集衰草，编织草帘，再不辞辛苦，用草帘将每棵梅树包围，像给她穿上棉衣。春来惊蛰，他为梅树捉虫、松土、浇水、施肥；梅子黄时，便将梅子卖得的钱分成一小包一小包的，存于罐中，每天只取一包为生活费。等罐内银空，正好又一年，新梅熟时，再兑钱入罐。如是，种梅、侍梅、赏梅、咏梅……四季轮回，花事轮回，成了他生活中最快乐的事。

对时日的期待简化成对花开的期待，简单又美好。

林逋不喜美酒助兴、佳人佐歌，认为那糟蹋了梅的雅洁，故而独赏。在他心里，冬日山丘有了梅，远胜春天桃花织出的煊赫洞房。

说起来他一生没什么惊天动地的业绩，只是在孤山一口气待了二十几年，不进咫尺之遥的杭州城。

一生中最好的年华里，他都孤独着，世俗纷扰与他何干？据传他画技高超，却无存世笔墨；陆游称其行、草书法高绝胜人，也未能流传一二；就连写诗，都不保留，边写边撕，如果不是有心人想尽办法，偷偷收藏了他丢的一点残迹，那么，如今连片纸也休想见到。只有梅才知道他到底写了多少，又丢了多少。

有人问他："何不抄录下来，留给后人？"

他回答："我现在尚且不想以诗出名，哪还希图名扬后世呢?"

和自己较劲是最难的。所以林逋历来为人尊敬。安心孤独是需要大勇气的,场面上哗然如鸦倒不必。

后来,苏轼对他大加礼赞,并将他的梅花诗当范文,让儿子苏过作课外阅读。

"疏影横斜水清浅,暗香浮动月黄昏",一个"暗"字,满篇生辉。俗世是白天,是梅外,而他从身体到心灵,整个人活在冷夜和梅中——仿佛含露咀英即可过活。

就这样,一首诗,"暗香"浮动,到千年后,还有作词人以此为题,写了极美的歌,红遍大江南北,万人吟唱。

他与官家从不沾边。只有一次,大中祥符五年(1012年),真宗听说了他的清名,赐予粮食和锦衣,他丝毫没引以为豪,谢过之后,依然波澜不惊。

他驾驶小船,游遍了湖边的寺庙,结识了一些高僧,吟诗作对,不亦乐乎。他也不拒绝友人来访,友人中位居高位的也不少，如丞相王随，流连几日不去，每天唱和，十分愉快。还有杭州的官员薛映和李及等人，一旦到来，必清谈一整天，也舍不得走。每次相会，他们都自觉去除了官位，只是个诗友。

言谈间，大权在握的朋友们总是流露出愿他出山、终日相聚的想法，但他装傻，不理会任何暗示和明请，仍旧画地为牢，不入繁华半寸。

春秋时，传范蠡携西施泛舟五湖，人们开始觉知归隐也是不错的职业；商山四皓的眉毛和严子陵的钓台都给人以启发：归隐可以成为做官的上马石。唐代还出了个卢藏用，考上进士，没去当官，隐于终南山，后被高宗征召入京，官拜左拾遗，时人讥为"随驾隐士"。"终南捷径"一典便由此出。

走这条捷径的人实在是太多了。权钱的殷切到底是诱惑的根本。

到北宋，出了个他，竟然不是我们熟悉但不信任了的那些人。

他在孤山，看百花凋零，只有梅昂首怒放，占尽了山林小花园的风光。

诗人回归心灵,简单生活、劳动、读书,维持着温饱,省下精力去看、去感受。他看到万物,从而顺应各种力量,将感官打通,并有所释放。这是世界上最平常的事情,像植物一样,全身几乎没有任何不必要的东西……仅仅沉醉,还不够吗?其他种种,无不蛇足。

他在月夜里打量梅,看梅在水里的倒影,闻她发出的香气,用一支笔,皱皱点点,"画"梅而不见梅,却又将梅的神韵描摹得如仙子降临,让人不敢加重呼吸,怕惊落了花朵。

他写得太好,以至于后来辛弃疾劝人别轻易动笔写梅,因为林处士把这种花写绝了,没给后人留下一点风月。

他的性格里,细腻、深情、忘我、自负……都有一点吧,人本身是复杂的,心情也多重,相互关联,合成了一个衔尾蛇,相互咬合。

千年之下,是否还会有人以那样精微的感觉,去备述一种事物呢?他所一线相牵的情思,又有谁接收到并心头一热呢？

他告诉读者，自己曾见到过怎样的景物。那几乎不再是讲述，而完全是一次生命的宣泄与涌动，风一样掠过纸面，饱满，热情，没有杂质，无可阻挡。

梅的一颗妙明真心，时刻放光动地，风神何其高贵！诗人与梅又何其相似，一生寂寂，静似默片，了无尘。

陶渊明曾说："少无适俗韵，性本爱丘山。误落尘网中，一去三十年。"而林逋一天也不肯落入尘网，善始善终，省去了陶令遗憾。

临终前，林逋为自己建了个寿堂，写下："湖上青山对结庐，坟前秋色亦萧疏。茂陵他日求遗稿，犹喜曾无封禅书。"

——都马上离开人世了，还"犹喜曾无封禅书"呢，其动人不亚于陆放翁的"家祭无忘告乃翁"。诗中用典来反比：隐者司马相如去世后，汉武帝在其家中找到了歌功颂德的《封禅书》。

而他绝不曾作过那类文字。

林逋青衫磊落,把个隐士做得滴水不漏,到死初心不改,用梅立寒冬的倔强,将句号画得圆满。

张岱《西湖梦寻》记载,南宋灭亡后,有盗贼夜入其墓,只找到一方端砚和一支玉簪。

据说从此他手植的梅再没开放,渐渐枯绝;他亲侍的鹤也不肯飞走,在墓前悲鸣而死,陪葬在墓旁……一时间,所有的都像死去;一时间,所有的又都永驻。

先生微笑而去,安详得好像事先知道这场远行一样。行前,还不忘将一身的大雪脱衣裳似的,脱给了孤山,脱给了梅。

任谁都想不到,就是眼前看上去十分冷淡的处士,竟写下过慢词《长相思》:"君泪盈,妾泪盈,罗带同心结未成,江头潮已平。"这个内向的人,他咬紧牙关,用一生花事掩埋了自己的情事。疏影横斜谁瘦我?暗香浮动我念谁?

那女子是谁,为何分手,我们已无从知晓。只依稀觉得，那人也应如梅清减。

林逋墓中玉簪，大概代替她做了陪伴。

到底梅是异物，没折得一枝入土——不知他临去瞬间，是否倍觉凄凉？

无论长到多少岁，回头看时，都像一场梦，会感慨，从而看轻许多。大鸣大放大惊喜不好，兴奋也不算最好的，最好的，也许是平静吧？

他选择平静，度过了只属于"林逋"的一生。如同他写过的梅，幽香悄然。

世人不觉怪异，还有些羡慕——用喜欢的方式度过一生，有谁不向往呢？

书　家

蔡邕：悲痛的飞白

人的身体不过像一件衣服，暂时借人穿穿而已，最终，你我都作为一穗无力的麦子，被某种神秘而强悍的力量收割走——就这么一茬，收成好赖是它。但若真要带走那件"衣服"，除非修炼。

他的修炼达到了一般人无法企及的地步。所以，他当时的离开，应该是羽化成仙了的。

他的修炼并不是指他卓然的才华、显赫的声名，也没有搭救一城的百姓什么的——他甚至连一个人也没能搭救得了。但他的放声一恸，足以惊天动地。

说起来，他的确是个了不起的艺术家：精通音律，善于鼓琴，琴艺在当时堪称一绝，是无与伦比的。他所制造的"焦尾琴"，与齐桓公的"号钟"、楚庄王的

"绕梁"、司马相如的"绿绮"齐名,被称为天下四大名琴。他的诗文也很出色,传世的作品有100多篇。他还是一位著名的孝子,青年时事母至孝,被人们誉为"文同三闾(三闾大夫屈原)""孝齐参骞(孔子弟子曾参和闵子骞)"。也就是说,他没有多少缺点。当然,也没有多少心眼——否则,也不会被世人唾骂千年。这从他的事迹和死法上能略知一二。

他的事迹多的是"朝受命而夕饮冰"那样的曲折多舛。在《三国演义》中记述简略,仅叙两件,一为其应征出仕,一为其被缢而死,这两件事都直接或间接地与被称为"国贼"的董卓有关——现在看,各自为政、各为其主的,好人与坏人哪里可以画线分开?三国霸主各自有被冤枉的地方,而未进京前的董卓何尝没有侠义之名?史无全真,人无完人,历史人物在今天更无一点能力去告白他们自身原本的真实。

关于他的被征,比较流行的一种说法是受威胁所致。董卓让人传话给他:"如不来,当灭汝族。"他因惧而应召,正史上也记载了类似这样的话。清人王夫之对此颇为不然,在其《读通鉴论》中详细辨析了蔡邕应召的内在因素。我赞同这个说辞。

王夫之的意思是，蔡邕曾历经许多艰难凶险之事，亡命江湖 12 年不气馁，自有其坚强的个性，是不会因为某种威胁而改变其志的；此时的董卓也非那种残害贤士之人，相反却很想"借贤者以动天下"。为此，董卓杀进京城修理了宦官们，组建了新内阁。因为蔡邕名声在外，董卓就想请他到新政府上班，偏他又推托有病不去。董卓一发脾气，蔡邕就没脾气了，只能按时报到。因此，后来有人说董卓对他不够客气，不够好。我倒不觉得。

从另一个角度说，董卓对他发脾气，有点像恋人间的小怄气儿——我过生日，要你来，你偏有事不来，我就闹腾。正常的。说明董卓多么希望他去！去了，政治上自不必说，肯定意气风发加以厚待；平日里，也可不问浮沉，只聊聊铁画银钩、点画俯仰。

董卓对他够仗义，态度也恭恭敬敬的：下车伊始，拜官祭酒，又举博士，任侍御史，转治书侍御史，旋即迁任尚书，再迁为侍中；三日之内，由六百石的中级官员，升为二千石的高级官员——三天就给他升了三次职位，薪水翻了快两番。他的谏言，董卓偶尔也听一句半句，算是个政治上的知音了。

董卓沉重打击了长期干预朝纲的宦官势力，广征贤士，把大量的公卿子弟辟入统治集团。深受宦官长期迫害的蔡邕"诚以卓能矫宦官之恶，而庶几于知己也"，其应召而出，似已在必然之中。但王夫之对他的选择并不赞成，而是认为其"逃虎而抱蛇，舍砒而含鸩"。他的选择是基于对残酷迫害他的宦官集团的仇恨，而不是出于对国家利益的考虑。因此，王夫之又说："蔡邕意气之士也，始而以危言召祸，终而以党贼逢诛，皆意气之为也。"此话不无道理，然其"意气"能够不为外部环境约束，在那种凶险的政治环境中，坦荡地发于明处，且置个人安危于不顾，这就很不简单，远非常人所及了。

董卓的死讯传来的当口儿，他正在王允那里——王是董的仇家，死对头一名，他却当着王允的面口中呼着董的名号，登时号啕——当时董是政治和军事上的双料败将，人人避之唯恐不及，独他感其知遇之恩，一路奔去，抚尸大哭。拿下董卓是王允的得意之笔，见蔡邕如此反应自然怒气冲冲，马上让人逮捕了他，关进大牢，并终至横死。时年，蔡邕60岁。

他的惊世骇俗之举，在那个非常时期，让人震惊——无论哪个时期，好像都不是十分聪明的为人之道。也正因如此，他作为一名真正的书生，率真无遮、极其可爱的本来面目才更清晰地凸显出来。他的行为，使那些当时在一种疯狂的力量推动下、躁乱地涌向一个方向的人群惶恐不已，也因而使他们感到愤怒与羞愧。他的悲伤不仅是其真情的流露，更是其言行如一的表现，他不但做得出来，而且说得出去。在那样一个混乱凶险的政治环境中，他内心真情的吐露与表现，无异于向虎狼之辈交出自己的生命。事实上，他很清楚自己最后的结局，却没有为即将面临的灾难而惊慌失措。仔细究究，这似乎更是英雄所为吧？

判断行与不行的标准几乎是"一刀切"的"一边倒"，或者说是"一边倒"的"一刀切"：一个人行时便一切都行，不行了便一概不行，几乎成为国人的思维定式。人们似乎也很难以客观平静的心情对待那些黑白并不十分鲜明的人，简单地把人分为好与坏的确省去许多麻烦，但人并不是可以如此简单地被分割的，不是的。因此，当一个人在被批倒批臭、被踏上一万只脚的时候，那些好像正确的大多是盲目的跟从者，他们跟着主子或别人"一窝蜂"地关门打狗、瓮中捉鳖，甚至对矛头所指的对象一无所知。但他们这么做非常清楚的一点，就是：可以与那个倒霉的人划清界限！至于被批倒的人是否真的十恶不赦，是否将永远被扫进历史的垃圾堆，永世不得翻身，他们是不会关心的。他们所关心的，只是明天早晨的餐桌上自己的鼻子还闻不闻得见臭豆腐拧着劲的香味儿。这比什么都重要。

同他们相比，我们也好不到哪里去——我们有了些年纪、长了些情商以后，就很懂得睁一只眼闭一只眼的好处了，袖手低眉，不看热闹，只快速路过，心中大呼"千万不要伤到我"……

我们的灵魂被工业化时代和全球一体化时代给化掉了——我们常常觉得灵魂和身体统统给笼罩在一股压抑慌乱的气氛中，长年阴雨，永无天日，仿佛宫崎骏制作的音乐短剧《各就各位》中因为害怕阳光的辐射而自我困囿、狂欢不止的不夜城……

我们该怎样收回我们的灵魂？所幸，还有一些非凡的人物和他们非凡的艺术，让我们可以在他们和它们面前看着精灵在鼻尖上舞蹈。

喏，说下去……当时的事实就是这样：在所有的人不问青红皂白，一概对董卓踏上自己的脚的时候，蔡邕没有踏上自己的脚。他死了，仅仅因为自己与现实、与时代的不合作态度，否则麻烦不会如此之大。

他以自己非同寻常的作为，以自己非同寻常的死法，向死去的朋友进行了最后的告别。

鲁迅先生说过："中国一向就少有敢于抚哭叛徒的吊客。"蔡邕敢。他了不起。

他死之后，朝野上下无不为之流涕。兖州、陈留间的百姓还画像祭奠他。当时的著名学者郑玄叹息着说："蔡邕死了，汉朝的历史，谁还能说清楚！"

当然，他的女儿代替他，到底把汉朝的历史说清楚了，那是别话，按下不谈——但，也想着：有那么端庄、杰出女儿的他，也必是不俗和不邪的吧？

我尊重和喜欢这样的人物，无论有多少人说他的坏话。他不是谁的一丘之貉，也没有狼狈为奸——况且从史上看，那"貉"、那"狼"或"狈"还很难说是不是被斥责的本体。

想来后来他好端端的一个人，被糟蹋名节，立下几桩无头案，也许根上还是当年为董卓的一大哭吧？简直冤屈至极！

他明明什么也没做，却被人不断地盗用姓字，屡遭"恶搞"：南北朝时期流布极广、影响极大的《颜氏家训》说，"蔡伯喈同恶受诛"；从宋元南戏《赵贞女蔡二郎》到元末高则诚的南戏《琵琶记》，他更是不断地被反面化，一举变成喂不熟的白眼儿狼：这个历史上仪容奇伟、笃孝博学、能画善音、明天文术数、十足的大孝子，在后来的民间故事中却被如此演绎：上京赶考，一去不回，不顾父母，遗弃妻子，最后被暴雷击死。《琵琶记》中所写的那个中了状元娶了相府千金抛弃了原配妻子的，也指名道姓地说是他。陆游还曾有一首《小舟游近村舍舟步归》，说："斜阳古柳赵家庄，负鼓盲翁正作场。死后是非谁管得，满村听说蔡中郎。"可见，在南宋的时候，他已经是个反面教材了。无论民间还是上流社会，对于他一声哭泣招致的杀身之祸不但毫不同情，反而不惜厚诬古人，幸灾乐祸，拿他作鼻子上顶着个豆腐块的历史教员，教导自己的儿孙。国人之不能容忍异见，刻薄狭隘若此，的确超出人的想象。

连哭一声的权利也没有的时代是黑暗的时代，而他为了这"哭一声"的权利付出了生命的代价，其悲怆之声，重重地敲在那个人情冷酷、世风日下的时代的关节上，使之震悚不已。那些口口声声要控制别人思想、硬要别人的思想与其保持一致的行为向来是深为人们所痛恨的，不管他之悲对错与否。瞧那个不顾许多人劝阻非要杀掉他的司徒王允吧，最后结局又怎样？很快不也就被别人杀掉了吗？

不珍惜别人生命的人，别人也不会珍惜他的生命。

他撰写的五经铭文骨气洞达，爽爽有神，被称为典正的"末世之美"；传为他所作的传世书论《篆势》《笔赋》《笔论》《九势》等赞美了毛笔和篆书之美，论述了书法抒发情怀的艺术本质，认为应取法、表现大自然中各种生动、美好的物象，揭示了书法美的哲学根基；他独创的黑色中隐隐露白的笔道的写法，被称为"飞白书"。直到今天，"飞白"还被书家应用。它所透露出的有气、有血、有力量和有骨头，是他这个人的样子。少一样，便成不了大丈夫。

他离我们多么近！仿佛摸一摸他的字，就能触到他的鼻尖，沙砾一样，泡桐的叶子、苹果的斑点一样，有着沙沙的响声的、独特的、可爱的、厚道的鼻尖。

所以，我们说了一晚上的他的人，也就是说了他的书法，那不传之秘。

欧阳询：一棵树

他虽然丑陋，但聪敏勤学，读书数行同尽，少时就博览古今，精通《史记》《汉书》和《东观汉记》三史，尤其笃好书法，几乎达到痴迷的程度。据说在他年近70岁时，有一次在外出途中，偶尔看见路边杂草丛中有一石碑，于是下马观看，发现是西晋著名书法家索靖书写的一块碑石，他非常喜欢，端详许久，可是站得时间太久，感到腰酸腿痛，便转身策马上路，没走几步，又返身回来，舍不得离去，最后干脆以毯铺地，坐在卧碑前三天三夜，细心琢磨领会碑文的风采和神韵……这种笃定的辽远也是一棵好树的徽征呢。倔强也是。

将字写笃定，反而比动更为不易。何况再加上辽远？

单以那八风不动心的三天三夜的碑前琢磨看，知道了他"痴"不假。还有，就是：他不怕慢。反观当代书法学习，是特别怕慢的——怕死了。多以才气相矜夸的工作室、函授站和培训班雨后春笋似的不断涌现，十天速成的书法班也出现了——好像人人都忙着赶路，慌不择路。那就赶路，用其他可行的方式辅助找工作赚钱去，不要学书法好了，何必来裹乱？就这样，书法从"慢功出细活"变成了"一夜暴富"似的天方夜谭。重天资、轻勤奋成为普遍失衡的状况，"板凳要坐十年冷"的精神和决心已抛到九霄云外。急功近利、浮躁狂妄的心态在书法领域内表现得尤为明显，这是艺术的大忌讳，需要远远地躲着走的——能多远就多远。因为书法是抒情达意、表现心迹的艺术方式，哪怕一点点不好的蛛丝马迹就会暴露出来，满纸燥气，东挪西跳，张牙舞爪。"快"是当今社会发展的节奏，谁跟不上潮流谁就是落伍，就可笑。但是我们忘了，书法是一种很慢的艺术，越慢越好，虽然和时代不相称，却是一千年都变不了的道理。欧字则是慢中需慢的一种字体，因为看到它的那一刻，面对的是一个遥远的、无欲无嗔、沉着安详的灵魂。他不说话，更不说大话——你去看，说大话的人往往做不来大事。因为力气都被说话用光了，将会没有力气走路。还有，说得精神亢奋，连觉都睡不好，别说能力，精力都难以保证，做什么大事？大事就像一个圆球，大话就是锥子和刺，会把要做的事情扎破的。那些行路的勇气就在你的大言不惭里一点点泄露，像气球漏气，最后就瘪了——或干脆爆炸。他把根须深植，在土里慢慢行走，脚步沉实，不吭声——不吭声是最难学的一种语言，很多人一辈子也没能学会。他们总是说得太多：辩白、吹牛、抗争、谄媚；诅咒、恶骂、血口喷人……而所有这些,一概没用。

然而,纵然离热闹的尘世再远、生发得再慢,一棵树,它总是要被伤害的——你不招惹它,它还要招惹你。或者雷击,或者干旱,或者秋风(秋风从来就是利刃的一种,它总是无端打开树的美玉之心,将之切割),或者,干脆就是个人,把长钉子深深地楔入树干,使它流血,而目的不过是要晾几件家常的衣裳。——喏,上帝给每一个人的身边都派来魔鬼,以测试那个人是不是天使。这儿的"魔鬼"说的是小人。

而人的成就是特别忌讳小人的。可是,人的大成又是需要小人的——是个悖论吗?有点像,这是个非常有意思的逻辑。你有了点成就之后,不免要沾沾自喜,小人唾液横飞骂声不绝,可阻止你的骄傲;你不免要躺倒歇着,小人兜头兜脸泼你冷水,可防止你懒惰;你不免要辗转浮躁场所喝得红头涨脸,小人在阴暗处射出的冷箭,可警醒你保持冷静,去争取更大胜利……所以,从某种意义上来说,小人是我们的恩人。一棵树也要经历许多,才能把疤痢长成腱子肉。

他的腱子肉也是从疤痢长起。

这"疤瘌"就是爱好舞文弄墨的人。这样的事例很多,最稀奇的是,某人居然杜撰了一部传奇《补江总白猿传》,内容为梁将欧阳纥(欧阳询父亲的名字)携妻随军南征,略地至长乐山,其妻为白猿所窃。他历尽艰险,四处寻找,找到白猿居处,设计将白猿杀死。其后妻生子,貌类猿猴。此故事明显具有嘲谵性质,讥诮欧阳询是猿猴之子的顽劣之作,几乎卑鄙。

这样的"疤瘌"虽然酷肖刀锋,也是一根长长的撑杆呢,有着很强的支持力和反作用力,加上他自身的勤勉,促他不仅一跃成了一代书法大家,而且在临池之余,不忘专心研究书法理论,坚持不懈,终有双料的大成。

这种严谨、理性和坚强也是好树的品格啊。你什么时候、在哪里见过一棵好树长得东倒西歪、如醉酒的人?他总是醒着的,并一直向上——身为书法巨擘而醒着,一直向上,不休止,是大不易的事呢。

欧体是尤其需要临摹功夫的字体之一。而临摹的意义可用一句话来概括,即"戴着镣铐跳舞",在规矩中寻找自由,正如火车必须始终行驶在铁轨上才不会翻车。临摹中,一点一捺,一撇一顿,程式化的训练是不可少的，舍弃这个过程，书法学习便是空中楼阁。只有临摹，才能像郑板桥说的慢慢做到"七分学，三分抛"，才能像李可染先生讲的"最大的勇气打进去，再用最大的勇气打出来"。而临摹又是一种弹性行为，要有适应能力，如果入不了帖，于己无益，而出不了帖，则徒劳无功。临摹不易，他的字又是最不好摹的，以至于在书法界有俗话说"十欧九不成"，因为，一个不留神，就入了刻板的、类似仿宋字的窠臼，无法自拔，别人也没法帮忙拔。那就糟糕透了，像天天见面却依然陌生的朋友，终究成不了彼此的挚爱。

别着急，先读帖吧，读两年再说。沏杯茶，最好再插一朵花在旁边细颈细腰的瓶子里，坐下来，细细地、慢慢地背临和意临他的作品，像一个好爱人似的，与他的精神和灵魂去暗自靠近，去紧密地结合。你会发现，他是很典型的横平竖直，甚至看上去几乎没有太强的个性，平正，从容，外形柔和，结构沉着，通篇气息初品平淡，细品依旧平淡，里面藏着的斯文气度不是咄咄逼人，而是若有若无地飘散着，如同那些入过《诗经》的细草和香花，有着白露茫茫、森幽无际的河气。摹下去，便觉它每一字都全神贯注，气息畅达，而自己的腕底也有活力开始在静态中潜行游弋，像微风徐来，小泽涓滴，而体内也有什么久久沉睡的东西，被瞬间启动了，催醒了……这个碑帖让人常读常新，足以使一个人心平气和。

"静为躁君"，坐久才思动，静到极处才求动，而妄动、躁动、骚动和冲动，哪一样是好的？静并不是死气沉沉，但可以清幽空灵，池塘生春草，无声胜有声，是充实丰富，是平和宁谧，是风平浪静和万籁俱寂，是仰望等候和蓄势待发……到真正深雄的景色中去，便可知，山无言，水无语，是大美。大梅和尚曾经写过："一池荷叶衣无尽，数树松华食有余。却被世人知去处，更移茅舍作深居。"其实，真正的隐士内心是渴望那样的音尘绝尽的，正如他曲折地表示他需要安静。这是一切修习的根本。

安静时，合欢花开起来，木吉他弹起来，明月清溪素影，便满眼和色舒颜；浮躁时则烈火烹油，垒石狰狞恶状，到处不堪难抑。我们在生活中，心动性起，行为举止，无不随心意起伏张合。实际上，人一旦静下来，声音反而会多起来，本来细微如丝线的风声、雨声和市声，可以更清楚地进入耳朵，同时会发现心里面新鲜的思潮情绪不断浮现。所以说，静并不是空，而是腾空自己，放下一切，在澄怀观道的心灵状态中，能看到本来看不到的和平时视而不见的，感受到原本感受不到的，想到平常想不到的角度与内容……观察变得敏锐,在最平凡中可以有新的发现和洞见,装一大车来,落纸便成云烟。这对于一个艺术家来说,实在是有如天赐。

而真正持久的东西本质上应该是静的,动是爆发力,转瞬即逝,静才是永久的。就书法而言,总的来说,动得势,形式应该是静的。静则古,静则守势,循序渐进,有条不紊,是真正的学书之道。作书静,就有了隐忍,不出夸张之笔,但一定字字飞动,宕逸之气充盈,也才能出来真正的上品。

他的作品里没有任何心绪的波动,没有忧伤或欢喜,没有抗争与激烈,它所散发的安静是如此深厚和浩大,使所有看得到的人都为这种安静所吸引,向这种安静的内里靠拢和深入——这是一种陌生的安静,因为你很难从别的地方寻到,它是非自然的,它是人为的,却如此自然;它是一条小溪,蓝色的,无声息,将外在的我和内在的我连接;它也是一条你与自己灵魂相遇的小溪,因为在那里流淌的虽然不是你的灵魂,但你会从中触摸到自己的灵魂。你和他都缄默不语,可是你和他都听得见彼此灵魂的欢叫……把书法读懂,把他读懂,就读懂了自己的灵魂。

相较于其他门类，书法是个十分特殊的例证：艺术之伟大不仅仅在于表现内心的痛苦。在这里，大艺术最终是对灵魂的大慰藉，从大牢笼得大自在。这大自在来自对社会、对生命的敏感，也来自特立独行的人格和寂然自守的孤独——那根部的孤独，从而达成自我新鲜的、可以摸得到的不朽符号，而在枝头悄然萌动，长成光荣，钤印高古。

学书法是多好的事情啊。一用毛笔，人的精神自然就集中起来，毛笔柔软多变，牵一发而动全身，引动隐约深藏的柔软思绪，临摹或创作，慢慢抄写经文、诗句，体会其中的意境和神韵，带来灵性、彻悟，改变看待世界的角度和方法，对生命的意义和目的理解得也会更加深刻……沉静作书就是细细消受美好的人生啊。书法同那些世界上最美丽的事物亲亲热热排排坐在一起，并有着相似的本质：麦子、晚霞、鸟鸣、收割后的田野，像一个花旦的蚕豆花，像一台大戏的油菜香……

这自然还是一棵好树的气质：它安静。

几乎是最好的一种气质了。他或者它。

颜真卿：雪封门

他一生都像圣婴，初来人间。

那时节，雪正紧。

而他的一生，也似乎正是沿着雪的禀性这一既定轨道求真求清，而兼具了那可爱生灵天下无双的忠诚，玉树临风迎来送往，历任玄宗、肃宗、代宗、德宗四朝辅国大臣，以至于逆风飞扬，残枝断柯，为唐王朝舍生取义，杀身成仁。

他秉性质朴，有正义感，一生忠烈豪壮的事迹，提高了他在书法界的地位——尽管他的成就，根本无须这事迹来提高。

他少时家贫缺纸笔，就笔蘸黄土水在墙上练字，初学褚遂良，后师从张旭，又汲取了"初唐四家"的特点，兼收篆、隶和北魏笔意，反了初唐书风，化瘦硬为丰腴雄浑，结体宽博气势恢宏，骨力遒劲而气概凛然，造就了"颜体"。只要还能认识毛笔的，谁不知道颜体？颜体奠定了他在楷书千百年来不朽的地位。

遭遇得够多了：他字"清臣"——透过他的字，不难看出父辈首先对他道德品行方面提出的要求和希冀，也注定了他的一生将是不凡的一生：作为小小的平原郡守，他大胆改革，废苛政，黜宵小，除奸诡，在大唐强劲开放而渐次转弱的坐标系中，激切地想变革当时衰颓的现状，充满着雄迈的责任意识和开拓创造的虎虎生气。他的时代处处充斥着假繁荣和真浮躁，使灵魂既因高翔于个体生命的宇宙而舒畅，又因不能自由地振翅而沮丧……他一生都受到来自四面八方这个那个的疯狂围攻和阴险掣肘。

这件事是绕不过去的，非说不可——只因他是一名不折不扣的将军：在与安禄山的斗争中，他将原来的3000兵马迅速扩充到万人，并择取统帅、良将，与堂兄常山郡太守颜杲卿相约共同抵抗安禄山。颜杲卿在安禄山后方讨伐叛军，他则被大家推为联军盟主，统兵20万，横扫燕赵。战乱过后，当时兵力最强的淮西节度使李希烈又起兵造反，刀兵出鞘。其时，业已须发全白的他全不惧怕，只带了几个随从奔赴淮西。

而得知他到来，李希烈令他的部将和养子1000多人聚集在厅堂内外，以壮声势，吓住来者。颜真卿刚开口劝说李希烈停止叛乱，没想到李希烈的部将一冲而上，个个手里拿着明晃晃的尖刀，围住他又是谩骂，又是威胁。但他面不改色，只朝着他们冷笑。

李希烈于是命令众人退下，接着把他送至驿馆，企图慢慢软化他。

叛镇的节度使都派使者来跟李希烈联络，劝李希烈即位称帝。李希烈大摆筵席招待他们，也请他来参加。使者们见到他，都向李希烈祝贺说："早就听到颜太师德高望重，现在元帅将要即位称帝，正好太师来到这里，不是有了现成的宰相吗？"

他却登时气怔，旋即扬眉破口："什么宰相不宰相！我年纪快上八十了，要杀要剐都不怕，难道会受你们的诱惑，怕你们的威胁吗？！"

李希烈拿他没办法，只好关起他来，派士兵昼夜监视。士兵们在院子里掘了一个一丈见方的土坑，扬言要把他活埋。第二天，李希烈来看他，他平静地对李希烈说："我的死活已经定了，何必玩弄这些花招。你将我一刀砍了，岂不痛快？"

过了一年，李希烈自称楚帝，又派部将逼他投降。

士兵们在关禁他的院子里,堆起柴火,浇足了油,威胁他说:"再不投降,就把你放在火里烧!"

他二话没说,欲纵身跳入火堆。叛将们把他拦住,向李希烈汇报。

就这样,他怀抱骄傲,杀身报国,刚烈如钢刀,又柔情似春水;他凛凛无犯,不阿于权贵、屈意媚上,以义烈名于时,又日月高悬,把同时代的那些对手都照成了爬过惨白墙面的小虫。他让人想起了400多年前的意大利修道士——伟大的天文学家、哲学家布鲁诺,在被柴火烧烤的时候,还有心情跟教会那帮混蛋家伙理论,也是烈士心胸,一般人比不了的。

即便如此道德君子,器宇轩昂,人初见时必被其气势所震慑,然而再低头看他的字,却不由觉出他性格的笃实纯厚,稚真木讷,而摩挲把玩,舍不得丢手。

江山疲软,除了豁出性命扶持挺立,就似乎只有书法是最好的避难所和最后的家园了。

他总是在他的传奇里,头戴幞头,光芒四溢,不可企及。把他的墨迹呈现。那些墨迹仅仅由黑白两色组成，它们却震颤着回荡在时间的天空里。一个每一次都以不同方式出现的点画，寻找着一个目标，沉浸在简单的墨色中。忽然，像开始时那样，他停住了。没有延续，没有结尾，戛然沉寂……这是我们享受传奇的时刻：被抑制的期待，被诱惑的观者。观看并分享他的充实，他的开阔，他的练达，他的思辨，他的天真，甚至他的怒斥，他的悲伤，他的流离……

然而，他将以此开始新的段落，手捻笔管，流淌出的线条震荡在心里，感受到他的情绪浸入了进去，浸入到书法最初的高贵中。无论生活还是艺术，他都不是人们可以轻易仿效和仿效成功的人，也不是随意说些细雨轻风、晴空明月、对逝去事物发点小感喟的人。

他的传奇，人们心中的传奇，以及对他的书法尺牍的无限敬仰，与飞鸿雪泥般的记忆纠结在一起，犹如某种出其不意的情绪迸发，仿佛我们一生里不同阶段的微妙转变，不同地理路标的沉默指引。

他的字自不必说——无论多大，个个都站得住，立地生根，一枚枚神气十足，像那种里外都黄的肥美水果，表里如一，头大肉肥，色彩逼人——略有点闷。然而一枚一枚排出来，还是雄壮得叫人诧异。读他的帖是需要放慢节奏的,否则总难免要被它的波澜壮阔所厌烦。

我们总是愿意放出十二分的耐心来对待爱着的事物。好东西,总是值得我们为它逗留更多的时光。

不得不提的是他的《祭侄文稿》——这是为纪念他的侄子颜季明而作的,所以又称《祭侄季明文稿》,是一个男人吹出疼痛的一把长号。此篇远不似他正书的沉着肃穆,所有的竭笔和牵带的地方都历历可见,通篇使用一管秃笔,以圆健的笔法,极尽流转篆书的本事,自首至尾,虽因墨枯再墨醮,因停顿初始,不免黑灰枯破,然而前后一气呵成,哭天泣地。

这篇大文、大字的诞生有着不寻常的背景:"安史之乱"时,他任平原太守,堂兄颜杲卿任常山太守,相约起兵抗击叛军。杲卿的幼子季明往来传递信息,后来常山失守,"贼臣不救,孤城围逼。父陷子死,巢倾卵覆"(《祭侄文稿》原文)。又由于奸臣构陷,三年后他出任蒲州刺史时,杲卿父子才得以追封。弹去伤疤如同弹去征尘的他,在寻找死难亲人尸骨的最后一瞬间落泪了——他仅寻得了季明头骨归葬。

抚今追昔，他不由得疾痛惨怛，哀思郁勃。援笔作文之际，国恨家仇齐齐漫卷心头，血泪并进，以至于华彩灿然，一泻千里，心中的波澜起伏都一一现于纸上：开篇从"维乾元元年"开始，前六行因是记叙时间、人物等，所以心情异常沉重，落笔比较冷静，变化赋形，尚能控制，墨色凝重而近于凝固，似乎在书写过程中还在构思文章所要表达的内容，结体也算得端正，运笔顿挫速度也较慢，像一些大的白鸟清晨赤足过溪流，和傍晚时分在苇丛间的跌伏起落。第七行至十二行，主要是回忆季明幼时的品性及"安史之乱"的情况，激愤之情渐次高扬，运笔速度明显加快，在"尔父竭诚，常山作郡"一处竟连续涂改三次，难以定稿，笔墨翻飞间，他想到了与自己手足情深的兄长颜杲卿，字体芜杂横飞，如同旧疮迸发的鹰展开夜一样大的翅子，朝着岩石一次一次扑击。当他写到"土门既开，凶威大蹙，贼臣不救，孤城围逼。父陷子死，巢倾卵覆。天不悔祸，谁为荼毒"时，字形兀然放大，行笔加重。手稿节奏铿锵，音调悲壮，呜咽之声由弱至强，声声入耳：当写到"百身何赎，呜呼哀哉""抚念摧切，震悼心颜"时，我们仿佛看到他老泪纵横，痛心疾首；当"呜呼哀哉"第二次在文中出现时，手稿已经是满篇狼藉，肆意涂改，无列无行，雷霆轰鸣——对逝去亲人铭心的追念和对叛乱奸佞刻骨的仇恨，使得他无法抑制自己心中的情感，无法控制手中的这支笔。沉浸于深悲大痛之中的他，腕下字形、笔画更为随意、潦草，多处修改，见出了彼时他心境的复杂纷乱，如同幼子被捉走的虎豹，在洞穴外暴戾逡巡和啸叫：时而哽咽不前，时而慷慨悲歌，时而渴笔凝涩，时而纵笔豪放。至最末两行，几不成字，纸尽而情难尽，如同绝望的大鸟和大兽的暴走寻找、泣血的昏厥和醒来后的无力站起……整幅作品楷、行、草相互交错；中、侧、露锋，浓浓淡淡，一任心绪。若论以书法抒发情感，那么这幅作品已臻高度自由的化境，似乎不是在写，而是天然一段浩气充塞笔端在了人间……江海翻涌，山峦崩摧，其惊心动魄，令人感叹。

因融合了德行的正义和性格的端方，所以他的字无法不宽博平正。而那样的宽博平正，注定只能来自一颗同样宽博平正的心灵，笃实丰腴，光照四野。连史上好大块头的苏东坡也衷心赞美"诗至于杜子美，文至于韩退之，书至于颜鲁公"呢。而且，就书法的学书道路而言，你不平正，哪里来的行草？"溢而为行草"，是说须平正得满满的，满得不得了，流出来，才成了行草。因此，只有从楷（也有从隶）入手，从平正入手，才是最好、最稳当的开始。

艺 人

他的琴

面前搁着一个大茶缸,里面零零落落散着几枚硬币。他坐在那里,垂着被岁月吹乱了的头发,腿上垫着一块被太阳和岁月晒褪了色的蓝布,上面搁着他的琴。

他没有拨片,只有手指,也并不需要假指甲——它的简单和他的不尊贵提不到那个。尽管那个也算不了什么,很多琴都在用。他闭着眼睛(他似乎一生都没有睁开过一下眼睛,不肯,也不屑。他有他的琴就足够了,世界对他而言不过是此刻手中的一张琴而已),手指一直缓慢地在下方弹拨,在靠近呆头呆脑的琴箱的地方。他的琴在低音区徘徊,简单得有点失掉了旋律,琴上所有的"器官"都昏昏欲睡。然而,好像突然醒来,猛地,他的胳臂扬向上方,一个狠命地拨,一个温柔地揉,弄出一个高亢的音色,再迤逦矮下去,小下去,最后散去无痕……好像哭泣。而窗子外,春天里的第一弯下弦月正照着他和他的琴,一天的星星舞动。

他和他的琴从来没有登上过什么台,身份低贱得像一根迟早要飘落的头发,命运也差不多。他们只在民间流浪,靠近野花、蝴蝶、微风、粪土,以及一条一跳一跳走路的三脚狗。

他常常用另一只不跛的脚打着拍子,脑袋微微摇动,跟随着他的琴唱起来。可是,我们听不清他"啊啊"讲述的长长的故事,只听见"崩崩崩崩"雨声似的琴声,穿透了土坡、山冈,以及被收割后的大地的胸膛。

他和他的琴都质感分明,有一点鼻音,在尾音部分,还往往有咬牙的感觉。他们的声线都不够温柔,但足够独立坚强。

他是盲人——我们看到过的大多数三弦琴师都是盲人(有的还坏了腿),不知道是什么原因。他携着他的琴,几乎像牵着一条狗,有口好吃的(譬如,一块好的松香,甚至獾油),他都要在第一时间饲喂了它。田野太干燥,它也太渴——他渴,他就觉得他的琴渴。没有人把他的琴当回事,它却是他心头的宝物。

他的琴是他的两只眼睛,和一部分的心。

比起无足轻重、如同一棵菜的月琴,三弦更是一棵草。

连成为藤蔓植物也是一种奢望和幻想。它的样子和声音与观赏植物沾不上边。

三根弦,简单到重复的乐句,嘎声嘎气的声音,像灰喜鹊的坠落。还有弹奏者远谈不上优雅的动作,都叫人垂头丧气。

它好掌握,几乎半天工夫就可以学会,有模有样地弹奏起来,多么简单。他却把那简单像一个高超的绣娘分一缕丝线一样,细细切分、拆开、梳理,一分二、二分四、四分八……地,从红分成桃红、橙红、杏红、西瓜红,从绿分成草绿、石绿、柳绿、橄榄绿,从蓝分成天蓝、水蓝、冰蓝、春水蓝……它在他看不见了的眼中五彩缤纷,柔情迸溅,诉说着天堂……它不啻恋爱中的人心底一首一首停不了的左岸香颂。

如你所知,一个好的音乐家,即使是弹空弦,也比一般人弹得好。这就是功夫。有些功夫需要几年,甚至几十年的磨炼，才会体现出来。哪怕就是弹一个音，画一笔，写一行，这个艺术家或诗人的个人信息就全部包含在里面，包括他的思想、精神、想象力、美学和阅历等。他当然是好的音乐家，最好的那一种。我们可以在他的演奏中听出他的所有，除了他爱它，还因为，他弹了几十年了，还准备再弹几十年。

是的，他爱它啊，持久的、不间歇的爱，白天抱着弹奏，十指肿痛，晚上抱着睡去，琴弦硌心。他几乎受到它的伤害——如你所知，太爱一样东西比不爱什么东西还要容易伤到自己。

他的琴是他的苹果，完整，浑圆，美丽，充满汁水。他用刀子一点一点，一圈一圈，削下它的外皮。于是，它内里的洁白和香味就露了出来。

他的琴是他的狗，他的爱人、最娇贵的婴儿期的儿子和女儿、朋友、脚下一刻不停走着的大地，他一刻不离的食物、水和空气。

他当然是一名诗人，每日里负担的只是审美和热爱。

他和他的琴都一生平淡，略显凄苦，但总算纯净。

他满意他的琴，每天每天，他都把它梳洗得像玫瑰一样散发芳香。因此，在它唱出最后一曲琴弦断的完结篇时，也还宝贝得如同刚刚诞生。

借一朵红嘴开成花

也是卖唱为生，可她并不用自己的嗓子——虽然，姐姐的嗓子足够美妙。

姐姐那一张小小的、可爱的小嘴开始了，开始如醉如痴地吹起了木叶，好像她的小嘴和木叶长在了一起，除了拿刀子来从中割断，似乎她们再也不能分开，并随时交换着愉快的眼神、温意和体液。这几乎就是那种传说中颠扑不破、真理一般的爱情，来到了姐姐的嘴上和木叶的体内。她身上的银饰在光里和光一样，照耀周围，比白天更像白天。

她们的背后是一条江。那条著名的、色彩斑斓、蝴蝶定期相会的江。

姐姐长发如瀑，惊艳四野。在她身边，花朵肆意盛放，精灵微笑呢喃。早上她对着东方吹，傍晚就对着西方，太阳大大地照着她，光线一片一片，薄雪似的，覆盖了她的身体，而她粉红脸颊的细细的绒毛上，正浮着一层金辉。

姐姐和木叶在一起，时间的脚就移动得很慢，慢过了时间本身。

那简直不是一片叶子！它等于一个小型民乐队，以及一大团幽雅、专美和密集的爱。它阴柔，忧伤，撕不开，扯不断，有时清冷，有时温润，有时苏醒，有时沉醉，萌动时噼啪作响，啜泣处天地含悲，并腿上生云，背上有翅，一日行千里的样子，一个拖腔摇下来，却又羞涩地藏起辽阔的细节，匍匐在地，满铺大地，霭岚蒸腾……它应该是在日头下面田里的汗滴和劳作，或在一灯如豆的夜晚绩麻时的叹气和呻吟——也许像那无望的爱情？抑或是因了生命本身的痛？它多声部，无指挥，没乐谱，无章法，却浑然完美，那样深邃，静虚，温顺，宽恕，像含着盐的海，和浮着灰尘的水面，缭绕绵长，一旦有微风拂过，便泛了细细的涟漪，粼粼的光……姐姐和木叶是人和自然的对唱，在她和它的面前，土地哗啦啦自己翻开，种子也自动飞身钻进其间，花儿们齐齐把头转向了她和它，跟随她和它，眼神充满热爱，好像一起变成了向日葵……

她们显然都真切体察了某种美好的事物，同她们自己一样美好——美好的事物都是跟她们一个面目的：既甜蜜，又简单，有的还带着断裂与伤痕。不过没关系，美好就行。

美好却一般并不知晓自己的美好。她们就是这样，看到了美好，还想要对着天空把美好说出来。

于是，她们赞美和信赖每一样美好的事物，在这赞美和信赖里，花朵陆续结出果实，花蝴蝶在懒洋洋的空气里飞舞，小番茄缓慢扎根，直到深抵大地的秘密……她们和大地长在一起。

高原宽大湿润，仿佛还没有开垦和烧荒——仿佛睡着，仿佛永远没有开垦和烧荒那回事了。站在田野的边上，看大地没有一丝褶皱，而弧度优美起伏。

在那高高的大地上，或者说在那列维坦、希施金或马奈的画面里，站在风的旁边的，是所有的叶子，所有的芳香的叶子任她挑选，等着她去喜欢：圆、椭圆、心形、掌形、扇形、丝状、羽毛状、不规则……红、绿、黄、橙、紫……每一片叶子都有自己的名字，即使你不知道她也有的，在如约而至、发芽长出的同时，已经被赋予了与生俱来的灵性，而叶子们是那么多，我们可以相信无上创造力的存在，可以相信神在一枚指甲大小的叶子中居住。在这个不一样的时刻，一片叶子开口发音的美，抵过了今天的诗人们——那些假面人和弄臣——满嘴暴力、漆黑、腐烂和叛逆的废话。

就这样，每一片叶子都是天使，每一时刻都是永恒——她哪怕不发音，就待在那里，虚度所有光阴，也是。

一片叶子的音乐寿命就是在人嘴上的时间，就如同一颗启明的星，而一颗开在序幕的星，只说一遍口令。

那最肥、最厚、最绿、最新、最美、最健硕、最柔情蜜意的叶子啊，一整个的大地任她面对，大片大片或绿或黄或苍茫或苍凉的原野，喧腾腾，懒洋洋，热乎乎，无时无刻不生长、发散出浓烈甜美的泥土的香气。这多么好！

姐姐多么爱木叶啊，爱得几乎要把木叶吃下去——事实上，她也这么做了。每一片木叶虽然大小厚薄不一样,模样却都差不多,开得像一万朵红唇,味道也有所不同:有的清甜,有的微苦,有的松脆,有的绵软……姐姐在每次吹完木叶之后,总还要将那一片木叶归还给篮子,成为叶子,然后一股脑儿饲喂给她的小羊和小兔子吃。她觉得这才是对叶子最大的赞美和爱——事物们应该到爱她们的地方去。

是啊,是啊,姐姐多么爱木叶啊,好像她来世间,仅仅是来深情呼唤一片叶子……仿佛,她自己差一点就成为一片叶子,只要吹得再久些。

姐姐恍惚知晓,只要吹下去,那些树木山水鱼虫鸟兽,都将开口歌唱。

姐姐吹呀吹呀,不知忧欢,身体也渐渐发绿,即使在她略有停歇不再吹奏的时候……姐姐的确就是一片叶子。她与这个世界因为木叶而一天比一天更加相爱。

仔细看啊,那是木叶吗?那是眼睛啊,水灵灵的眼睛,望着我的眼睛,你的眼睛。木叶在被摘和不被摘之前,都不知道,自己是这众生至美——被摘和不被摘,都是。

不被摘，是她活泼泼的生命，在枝头；被摘，是她活泼泼的生命，在口中。木叶因此有了两次生命，清澈温柔，美而尊贵，让任何听到她的人都以为一万年也不过是一个清晨。多么幸运。

叶子就这样，在滔滔浊世的这个上午，翻个身，伸展开手臂，伸个懒腰，就嫁接在一朵红嘴上，开成了花。

相互抱着的眼眸

舞台中央，一个光圈，打在她的身上。

她向前弹出，向后跳进，都不抬头，在弹拨的时候，眼眸始终不离开她，纵然一扬眉，也很快低下去，麦子一样地倒伏，倒伏到大地和脚——她倒伏给她的琴，一把西域来的琴，它身上还满沾着远路上染到的黄沙。她就假装快速地拨弦，拂去那沙。

她不允许它有一丝的不洁，正如不允许自己有一丝的不洁。她和它身上，都描绘着这花朵那花朵，洁白耀眼，仿佛光芒，香气像蝴蝶一样飞散，又明亮，又柔软，就在耳边，又仿佛隔了天地，隔了年。

一想到她和它，我们就想到眼眸——多么明亮！

她来自传说或来自真实？分不清了，我们只记得：有人在马上，抱着它遮住了一半的面容，和快滴下泪水的眼眸；也有人在船上，抱着它，大珠小珠落玉盘地，低下了满含了泪水的眼眸……唉，这世界，不过分成了滴泪水和忍着不滴泪水这两个人群。

是这样美好而安稳的躯体，抱着这样美好而安稳的躯体，如同初春时的一片绿叶子，卷起另一片绿叶子。

她抱着它，它也抱着她。她们彼此是那么靠近。而两个物种间的相互凝视和亲近，到底需要多少默契和缘分？

她们还柔弱，是新绿。她们一律曲线玲珑，整齐安静，像月圆月弯。

她们彼此的对话，是眼眸和眼眸的对话。她们的眼睛里仿佛只有彼此——湿漉漉的眼睛，毛茸茸的眼睛。

她和它，到底是历史烟尘里的哪一对？从秦到唐，到明清，再到如今，瘦了，胖了，再瘦了，胖了，瘦了……经历了无数变化，洁净不变——躯体、声音和心灵，都持续地简澈和明亮，将肮脏、黑暗逼进洁净的黎明，不曾有过一秒钟的模糊、拖沓、交代不清……它如同被天使吻过，对着所有，吐口所有，昭示着自然的大能。她从开口发音到如今，从来都没有想过有一天要噤声——就像无论怎样，一些事物都将无法改变，譬如四季，譬如叶子的萌芽、花儿的盛开和结果，譬如良善、诚实和正直，譬如美、喜欢和爱……我们信赖它们，内心因为充盈着它们而饱满、坚定。

为了来看、来接收这些，我们每一个都应当选择降生。

这些美好的事物，譬如音乐和发出音乐的乐器，它们存在在那里，不言而自美。我们不觉就爱了它们。不管怎么说，音乐或乐器首先是为了审美，然后才是别的。这一点她比谁都清楚并自律和恪守。

她有时把它转到身后，反着弹奏，在背上横陈了琴弦。那是她沉醉在它的眼眸之下的时候——她且弹且舞，还不由自主地加上了轻声哼唱，如同飘漾开一杯渐渐烫起来的茶，简单，纯真，温柔而热烈，让听到的每一个都想起了自己生命里最美好的时光——那是一百场春天合起来的光芒和交响。她们几乎是另一个世界的面容。

即便在黑夜里,一切都昏睡和晕眩,她摸索着,也能牵住它的手,一根手指像一颗心,碰触到她想碰触的某一根弦上的某一个点。它也一样。

其他的花差不多谢尽了,只有一两簇紫花还映着蓝天绿叶,楼前的玉兰却开得那么好,小白星星在浓繁的叶子里眨着眼,发出十座花园的香气。月亮细细升起。太阳光虽然下去了,但到处都还是亮的、热的,雾气就开始起来。

在时断时续的花香里,她迎着风,一心如月,向内观望,笔直地照耀着它,它就跟随她,安静,不思量,比谁都要有秩序地,布下十面埋伏,小云朵一样,粉细,有点迷离有点醒,簇拥着,一层盖上一层,一层浓似一层,层层递进,嘬起嘴儿,左右吹一吹上面的云朵萍朵,从清水里舀起清水,从梦境里舀出梦境,倒影里舀出倒影,从心里最深的地方——那月光里舀出来那月光……月光真多啊,真蓝,像个海洋,一碗一碗不停地,怎么也舀不完。我分不清她和它了,她也分不清她和它了。索性,她躺进去,躺进那月光里去,与她共同漂浮,流荡,迷醉,须臾不离。

丝绸或月光

她在那高台上,年轻得像枚月亮。

曲子的来处是一架古筝。是啊,是一架,一架老纺车一样,好像看到那时在祖母一样老的老房子里坐着的、正在当户纺织的温雅绣女,倚在绿窗下,垂着长睫毛,合成一溜儿茂长的丛林,像从来如此一般深深闭上,掩着泽湖。

古筝和老纺车,都产出一部丝绸。从这个意义上来说,演奏女和她的祖母绣女没有什么两样。

月光一丝一丝,无比坚定地侵入到她的发丝里,纠缠,搅扰,她也不知道。

她太专心了,以至于听到的只有寂静,即使草皮上草虫的鸣叫也几乎与她毫无干系。

她手上的丝线来自一只茧,一只茧来自一只蚕,一只蚕来自一堆桑叶,一堆桑叶来自一块田野……这是一个安静有序的过程，每一个是每一个的伙伴和朋友，甚至就是它们自己，每一个都文心一样机敏，诗人的白衬衫一样纯净，每一个的参与都用去了自己一生的时间。一根丝线分成七等分，每一等分都浸在月光里，闪耀着，温暖湿润。因此，那声音并不嘹亮，有些发潮，但潮得正合适——合适在这样的夜晚想起许多许多的往事，甜美的，或者忧伤的。而甜美和忧伤也是淡淡的，你中掺了我，我中掺了你，跟月光和发丝一样，到底是你照亮了我，还是我照亮了你，分不清了。

她手上渐渐出现了一匹布，一匹丝绸。她将它一折一折地滚动，就张开了锦绣。她多么专注，微微俯着身子，成优美的弧形，凑向布匹，像深嗅着一本洁白的小书。

不是棉、麻、手织土布、粗织柞，也不是亚麻、纯棉、扎染、蜡染……尽管那些也都有那些的好。她在《陌上桑》女子的竹篮里诞生，是那片北地的春色化成，温柔，秀气，低眉顺眼，可内心倔强，摸上去是柔软的，微凉，滑润得如同手中无物，又似乎一缕一缕的水流从心上过。她心里正藏着这样一首曲子，借着丝线铮琮，把它低低地唱了出来，自某个不可知的角落，带着田野清甜的香，和微微的辛酸与迷惘，漫卷，藏埋……

她怎么说来都不自觉地略略自恃些,即便悉心呵护,略不注意,还总是皱成一团化不开的伤悲——有如女子们飘忽不定、潋滟宕跌的人生。音质多少有些憨纯——憨是憨纯的憨,纯是憨纯的纯,并直刺骨髓。

在乐器里,遍身丝绸的古筝正是一位真正的名媛,身边有折扇和茶,她面朝一天的大雪,低眉读书习字,仿佛从来不需要去到什么地方,也永远不必慌张,从容坐拥斜斜飘过的辰光,梳理着丝线,温柔如同天使的发卷,有着沉着缓慢、略显迟钝而持之以恒的美感。如同《罗马假日》里奥黛丽·赫本诠释的那位公主中的公主,从诞生之日起便确定了她骨子里的素朴和优雅。

是有小节奏的——即便最温柔最慢性子的乐器和曲子也是有的,灰浆一样,抹平其他乐器之间的缝隙。只是,那节奏的确是小节奏:有切分,也有一点装饰音,有浸润,有疏离,有时也有一点催人,而绝不腥风疾走,只在低八度的琴弦上稳稳浅浅地散步,像小妻子阻拦丈夫的大力饮酒,但不着急,是婉转地提醒——是微笑,也存了不怒自威的风度。一匹再平整柔滑的丝绸,有了偶尔起了的涟漪,才见了她的褶皱之美。一架古筝也一样。

一件乐器、一首曲子和一首诗歌也没有什么两样——在它一经完成之际就已经不再属于那制造者、演奏者或著作者。而此刻，它是聆听者的。

于是，世界很慢、很沉得住气地被她和她的古筝推进到了我们面前，像月出之前、傍晚时分看到的地平线，一点一点将云霞打开，再一点一点收起，壮阔，华丽，不动声色。

戏文里的悲喜

包拯：弹铡而歌

他的脸是那么黑，铁青铁青的，像总戴着一个浑铁面具，黑得无人可以得见他的表情。因此，他的神秘是夜一般的神秘，压抑地咳嗽，厚而黑。

然而，他的脸又较之所有的脸都光亮，像敞开着一面大海，简直都可以映出整个世界。于是，他的光亮又成了夜里萤火虫的光亮，倔强地闪耀，红而亮。

因此，他的脸阴沉幽深，仿若雨季；他的心却明亮俊朗，一如晴空。

他有三把同他的人一样神秘的铡刀：龙头铡、虎头铡和狗头铡。分别镌刻于铡刀两面的"为民请命""刚直不阿"的词句们圆睁双目，而铡头分别对着皇亲国戚、文武百官和平民百姓的方向摆放。

听闻他善于弹奏它们，如同谙熟琴瑟的诗人。他一弹奏起来便不觉忘情，那神态近乎曹孟德梦中杀人的迷醉和清醒。

是的，他迷醉，他清醒。

坊间传说他着迷于这种神奇的弹奏，它们刃下已横尸无数——可以负责任地讲，没有一例屈死的鬼魂。因为那些铡刀啊，它们安静坦荡地在日光下熠熠闪光，如丝弦闪光，如他的心闪光——安静坦荡得都有些过分了，就像有些分外优美的东西优美得过分了一样，叫人心里禁不住起了些惶惑：它们是真的吗？

是的，当然是真的，不折不扣。尽管龙头铡和虎头铡较之狗头铡更沉重、更难以掮动，他还是走到哪儿扛到哪儿，把这些铡刀——尤其是龙头的和虎头的，更威风凛凛的两座，当成了最宝贵的财富，不时地擦拭、上油，如照拂婴儿一样，日夜厮守，像一名诗人不忘照拂他的琴瑟。

都能看得见的是他爱它们，都看不见的是他恨它们——他恨不得一眼都不要再见到这劳什子——一眼都不要。

千秋万代都不要。因为哪个时候它们弹奏频仍,哪个时候就是最黑的暗夜。

而暗夜,是多么可怕!唉,那厚而黑的暗夜!

它们真的被弹奏过吗?

是的,当然是真的,不折不扣。喏,一颗年轻的头颅刚刚为这新声音旧问题的疑问做了注脚——虎头铡刀锋上面一分钟以后尚在"滴答""滴答"淋漓着的鲜血,一分钟以前被铡刀"咕咚""咕咚"渴饮了的鲜血,是同他一样的鲜血:同一个血型,曾以同样的速度流淌过个头相仿、轮廓相似的身体周遭的鲜血,还有余温、冒着微微的热气的鲜血。不一会儿,血就变了蓝黑,散发恶臭,有苍蝇附过膻腥来。

他每弹奏它们一次,人就老一层;他每弹奏它们一次,心就软一度——那些琴弦有多沉重,他就有多老;那些颈项有多强硬,他的心就有多柔软。

他弹奏的这一曲,名字叫作《赤桑镇》,曲牌名叫作:包勉——他自己的侄儿、那寡嫂的唯一的儿子的名字。

事情算大吗?看你怎么看:是贪赃枉法大,还是一条生命大?如果,贪得赃不足够大、枉得法也不足够大到必须以项上人头来做抵押的话,那么铡刀不必劳动丝弦铮琮,且盹着,一切都算不得什么。

反之呢?

事情恰恰是这个"反之"。

贪赃枉法注定都是这个"反之"——因为贪心够大。

他心里多少有些忐忑不安。他疲惫和担忧的眼神,我们看不到,但我们完全可以看到他的疲惫和担忧——他的身子时不时晃一下,好像昨夜思索太多导致休息不好,而他的身子虽然坐在椅子上,可老向外探着,好像在等待什么。等待恋人吗?那种甜蜜、矫情的思念?

哦不,他明明焦虑着,有些怕着。

嫂娘马上就要到了,那"年迈如霜降"的嫂娘,那"如今无人靠养"的嫂娘——那娘一样的嫂、嫂一样的娘啊。

不怕她打,不怕她骂——还渴望她打和骂呢,那样自己的痛苦也会少一些的。暴风雨似的打和骂请快到来吧!

怕她哭。

嫂娘不是爱哭的人,从自己很小的时候就是如此:她一个人带两个孩子——父母从襁褓里就抛弃了自己,是嫂娘的两只干瘪的乳房先后喂养了自己和侄儿,还到处求医,医好了自己的哑症。家境那样清贫,可她从来没哭过。她爱他们,心疼他们,自己舍不得吃穿地供养他们,把青春全豁出来奉献给他们……她心里有希望呢:小叔长出息,做大官,扶保朝纲,也提携自己的侄儿,护佑自己的侄儿,是多让人放心的事。每每咬牙撑过一波又一波的苦难时,嫂娘都要用她白皙的手指撩一撩乌油油的碎发,好像是世界上最幸福的人。

事实上也的确如此:他出息,当朝国相,执掌大权;自己的儿子也不错,金榜得中,年纪轻轻又做了县令,前途无量,倒像是能给苦了一辈子的老母亲披戴上凤冠霞帔啦。唉,一切的苦难付出都即将有所回报了——尽管她付出时从来没有期望过什么回报。就算为了扮美那不再黑着的发、不再红的颊,也让那凤冠霞帔快些到来吧。

凤冠霞帔没有等到,却等到了一盆凉水,从雪白覆额、日渐萧疏的发间直泼下来,怀里抱了冰:儿子死了!

死了!死了……啊,在那铜铡下,在初任萧山县、为叔父"饯行表衷肠"那最亲切、最不设防的当儿。

所谓死,就是再也看不到了,他到那边去过他的生活,我过我的。他哭他笑都再也听不到,他的爱的喁语、怨的狠话,都听不到了。

他说一定要为母亲戴上穿上凤冠霞帔的有情有义、好听欢悦的声音,和小时候一声声有高有低、稚嫩撒娇的呼唤"母亲""母亲"的声音都听不到了。如同大风刮过,他成了无形的人——哪里会成了鬼?自己的儿子怎能成了鬼?他永远都在,只是无形罢了。

怒恼那个有形的、现行的、高低不分、油盐不进、忘恩负义、绝情绝义的家伙!他只埋首调试无情铜铡刀的丝弦松紧,不抬头看伤心白发人的如今模样!

到得他堂，先见牌匾，"公正廉明"，四盏射灯光照舞池。"刑一人而正万人，诛一恶而儆万恶"，两块霓虹斑斓闪烁。琴童王朝马汉、张龙赵虎，分列两旁。伴舞衙役"威武……""威武……"啸声嘹亮。而那亲爱的、该死的乐器——铡刀们仰头不愧天，低头不愧地，前行不愧人，扪心不愧法……它们此刻正在那边热眼观瞧，风过处，铮然有声，做了最忠实的拥趸。龙们虎们狗们的影子，变身为蠕动着的爬虫蛊蝎：膝行的土灰虫，丑陋的蜈蚣，有毒的蜘蛛……它们生长在腐败的物质里，到处爬、钻、舐、啃、挠、抓……晃晃荡荡，窸窸窣窣，侧耳瞠目，倾听偷窥——听着一段清唱，窥着一出好戏即将登场。

是的，嫂娘她登场了，爱他恨他的嫂娘，他唯一畏着惧着的嫂娘。

是要骂的，狗血喷头地骂，把儿子全身的血集聚了一口全喷出来地骂；是要打的，劈头盖脸地打，把儿子被弹走的头、被揍走的脸当刀刃劈过来盖过来地打……那些心肝脾肺和胃肠胰胆，那些脊椎肋骨和经络筋皮，山重水复地回转来，惊涛拍岸地回转来，摩拳擦掌地回转来，心花怒放地回转来，围拢来，彼此牵了，绕着圈儿地跳着笑着，准备大声欢唱。

嫂娘登场了。

嫂娘的头上冒怒火,胸中含隐痛,她踉踉跄跄,跌跌扑扑,登上台来。她没有打,也没有骂,但那句句低低的斥责是鞭子,鞭鞭带了风声,冒了血浆。

他一声声带了青衣的拖腔,或凄怆遍布,或温情缭绕的"嫂娘""嫂娘啊",叫得人不由得柔肠寸断。

"劝嫂娘你休落泪免得悲伤……"他的开口犹如铜铡的开口,每一句话都是一次弹奏,每一次的弹奏都诚挚若此,把嫂娘的愤怒一绺一绺地,抹挑得渐渐平息下去,柔顺展开,并开始涓涓细流,潺潺启动,跳过残石,掠过高原,并穿山越岭,抵达了万里平原……哦,那绿色的田野,那清平、浩荡、无垠、欢笑的田野……最后呵,它竟然挟带汇集了许多温暖浓厚的植物汁液似的支流,奔赴了大海!它鼓荡了琴瑟……哦,它竟直接撞击了洪钟大吕……

我们的嫂娘她,居然高端起了酒杯——她向她的小叔、年纪小她许多的小叔,她用乳汁喂养长大的小叔,杀了她的儿子的小叔,杀了她的残生的小叔,敬了一杯酒。

她，向他，敬了，一杯酒。

她敬他，"为黎民不徇私忠良榜样，万不该责怪他我悔恨非常"；她敬他，"表一表，愚嫂我这一片心肠"。

他雾开日出响遏行云"好嫂娘"高叫一声——

他涕泗滂沱。

对不起，我涕泗滂沱。

我们涕泗滂沱。

我们为他，也为她，涕泗滂沱。

或许我们竟为我们自己涕泗滂沱——我们多么龌龊！

星子一颗一颗被擦亮了。弹罢了这一曲铜铡绝唱，这名白头媪，她便蹒蹒跚跚转道归家，去买棺椁安葬儿子，这包家唯一的血脉；那位铁面人，他就铿铿锵锵奔赴陈州，去开仓库赈灾放粮，那是国家头等的大事。

他们没有时间涕泗滂沱。

我们爱他们。

注：此篇写的是京剧《赤桑镇》。

剧情简介：宋朝以铁面无私著称的丞相包拯年幼失去父母，由其嫂吴妙贞抚养成人。吴子包勉长大学成，被委任为萧山县令，却贪赃枉法。包拯秉公将其处死。吴妙贞赶到赤桑镇，哭闹不休，责怪包拯忘恩负义。包拯真情相劝，晓以大义。妙贞感悟，悔恨交加，反复谢罪于包拯。包拯亦谢罪于嫂，叔嫂和睦如初。

伍子胥：男儿何不带吴钩

男人怎可经历那样多、那样深的苦难呢？那曲里拐弯、扑面而来的苦难，像一札散着虫味儿、霉味儿和清香味儿的竹简长卷，像我们如今背诵起来有点绕口、有点顺口、春秋时期那一长溜儿的大国小国。

他是男人戏里的"戏核"。

借了暖黄的灯光，在残破沁凉的青石地板上，铺开来看，从右至左，繁体，竖着。更静的日色已低到尘里去，而书卷里的故事，正启始了惊天动地：

武昭关，文昭关，关关相扣：遭追杀，他与兄长"流泪眼观流泪眼，断肠人送断肠人"，别开头去，从此，与回京试探消息的兄长天上人间，与父母阖家三百余口天上人间。

他逃啊逃，一路奔逃，一只丧家小犬闪躲飞来沙石的袭击、一只无力蝼蚁闪躲漫溮的大水一样，泼命奔逃，忍了屈辱和心伤。

他逃到这里那里，都有画影图形缉拿，又无别路可走。危难之时，幸遇隐士东皋公，在其所留宿，一连七天急白了须发。后东皋公设计，以似他好友皇甫纳假扮，将他混出关去。其间的好段落哪忍卒听？很怕的是那几句"到如今夜宿在荒村院，我冷冷清清向谁言？我本当拔宝剑自寻短见，寻短见，爹娘呃！父母冤仇化灰烟！对天发下宏誓愿，我不杀平王我的心怎甘！……"其中，"爹娘呃"尕调一声，鹤唳猿鸣，叫人哪里把持得住？

继续展卷：

过了江，但仍在被追赶，这就开始了《芦中人》和

《浣纱河》的故事。这两出戏都不长,内容上也颇为相似,所以常被人合为《浣纱记》来演。他颠沛流离,亡命天涯,被楚国兵马一路追赶。这一天慌不择路,逃到长江之滨,只见浩荡江水,波涛万顷。前阻大水,后有追兵,焦急万分之时,他见上游有一只小舟急速驶来。舟上渔翁连声呼他上去,之后,小舟迅速隐入芦花荡中,不见踪影,岸上追兵悻悻而去。渔翁将他载到岸边,取来酒食与之餐。他千恩万谢,问及姓名。翁笑言自己浪迹波涛,姓名何用,只称"渔丈人"即可。他拜谢辞行,走了几步,心有顾虑又转身折回,从腰间解下祖传三世的吴钩:七星龙渊,欲将此削铁如泥、价值千金的珍宝赠予渔丈人以致谢,并嘱托渔丈人万勿泄露自己行踪。渔丈人接过七星龙渊,仰天长叹,对他言道:搭救你只因为你是国家忠良,并不图报,而今,你仍然疑我贪利少信,我只好以此剑示高洁。说完,横剑自刎。

他悲悔莫名,掩面啼哭,剑挑黄土几点,泼在渔丈人的身上,以示最真挚的哀悼。

至此还不算完,逃几乎成了他的事业,他成了永远负罪的旅人。

而后出逃的路上又因饥肠辘辘,他向河边的浣纱女乞食,那段"西皮二六""未曾开言我的心难过……"着实婉转好听,且文气畅沛,势如利刃破。为解他心头忧患,女抱起一石,投水而死。他见状,伤感不已,咬破手指,石上血书:"尔浣纱,我行乞;我腹饱,尔身溺。十年之后,千金报德!"

插一句:后来,他果真抱负得展,在吴国当了国相。吴王调遣劲旅攻入楚国。直到"掘楚平王墓,其尸鞭之三百"报了血仇之后,他没忘报恩,苦于不知浣纱女的地址,只好把千金投入她当时跳水的地方,那块滩涂。

他是情深义重的好男儿——不情深义重算什么好男儿?

满怀着失路之怆、失国之痛和失家之悲,他在逃亡的中途病倒了,又没有盘缠,"心中好似滚油煎",不得不停下来,卖了心爱的吴钩——那剑身似清水漫过池塘从容而舒缓、剑刃若壁立千丈的断崖崇高而巍峨的吴钩啊——买饭吃。

饭也竟不够吃,后来,竟沦落到边治病边吹箫行乞的地步。这分明又是一出《夜奔》。

过了不知多少时候，他经千难万险到了吴国，见到了公子光，策动暗杀了吴王僚。光自立为王，这就是吴王阖闾。阖闾自立以后，愿望实现了，就召回他，官拜为行人，共谋国事。

英雄嘛，他自然具雄才大略，又深得信任。为使吴国能内可守御、外可应敌，他"先立城郭，设守备，实仓廪，治兵革"，并亲自受命选择吴国都城城址。他"相土尝水""象天法地"，最后选定苏州古城的地址，合理规划，建造了阖闾大城，并帮助吴王西破强楚，北威齐晋，南服越人，吴国国力达到了鼎盛之势……

英雄终于站立成山，一马平川，并远离了断枝残柯。我们谁都舒了一口气。这似乎颇像一篇孤胆王子历尽艰险终于战胜妖魔迎娶了公主的童话。

可后来啊……多么怕童话里的"后来"——后来在这札明显老旧、血泪斑斑的长卷最后的文本里，看到了最不愿意看到的一堆字眼，尸体一样的字眼：

后来，夫差即位，成为新的王——王被貌似祥和圆融的秾丽风景和伪和平下盛大无比的"欢乐颂"消磨了意志。全国上下人人都像住在馆娃宫里，吟哦逍遥散碎之情，雕琢细小敛约之境，他们忘记了那大雪、大星、埋首看吴钩的尚武之气——它们较之那些原本是尤为洁净、血性、澄澈和美丽的啊。

他辅助着王打败越国，力主与越讲和，并坚决阻止让越王回国，谏劝王放弃攻打齐国而伐越。而他的王听信小人谗言，疏远了他。

他说："大王！越王奸诈虚伪，不可轻信。"

王如此回答："你口口声声说为我考虑，对本王如何忠心耿耿，那你能像勾践一样吃我的粪便吗？"

嘿，越王居然可以吃王的粪便——吃别人粪便的家伙能是什么好东西？！尽管他也有剑，还是镌有鸟篆铭文、毫曹光华、暗藏杀机的剑，一俟拔出便如星宿运行、闪耀夺目光芒的剑。

王说："去去去！你别以小人之心度君子之腹。我的眼力难道还不如你吗？退下！"

他退下了，虽然悲愤地哭，但那悲愤一丝都没有为自己——误解是如此之深，以至于颠倒了黑白。直到有一天，小人怂恿王，责令他退到了阎罗那里——他被王杀掉了——王是个什么样的人哦！太史公记其"（吴王）

乃使使赐伍子胥属镂之剑，曰：'子以此死。'"令我抚卷几欲恸哭——为王的不醒，也为他的醒。

在夜里醒着的，一般都是白天最痛苦的那群人。

刑前，他对王说，请将我的头颅高高置于城门之上，我死也要看着越军怎样杀进城池。王便把他的头颅挂在城头，把他的尸体踢到了胥江中。这战神一样、连阿喀琉斯那么小块的软弱的脚踵都没有给敌人留的英雄，被自己人砍掉了头颅。

就这样，他被自己的吴钩杀了，并把自己鹰隼似的吊在城头，待越军进城的一刹那，绝唱一般摔下去，成了吴国最后一块守门砖。

越王的金戈铁马从上面踏了过去。

然而，后世的人们没有忘记他，他以死力保的许多城池的地名都与他有关，如胥门、胥江、胥口、胥山……至今沿用。想来就有伤感萦绕。

在墨守成规的社会，赤膊是危险的；在专制强权的社会，倔强是危险的；在绮错婉媚的社会，思考是危险的；在等级森然的社会，出列是危险的；在老辣守成的社会，天真是危险的；在心力衰靡的社会，呐喊是危险的……江山不与尔同席，英雄被王杀，是我们生下来听到的最多、最正常不过的故事。

于是，王自饮了那杯苦酒：败了的越国却给吴国一个假象，最终如同他所预料的那样吴国被灭。所有稻粮均被越军抢收，战马、狗以及酒糟都吃光了；尸体如山，乌鸦与白蛆遍布了姑苏八个水陆城门。王失去了对吴国大部分地区的控制力，所能依赖的，仅仅是他被杀前率领将士筑就的城墙而已。

这时候的王已悔。嘘，悔从来都是这世间最无用的东西。收着吧，莫出鞘，免得伤了人家，还伤到自己。

最后越王赐吴王自尽。临死前，王才想起伍子胥的好处，哀叹道："我自己杀掉了国家柱石，而今有什么面目去见他于黄泉之下呀？"说毕，王用厚布三层遮盖住自己的脸，拔剑自刎而死。

"吴钩明似月，楚剑利如霜"，王终于还是出鞘了——尽管并不是秉取敌人头颅那光荣使命，尽管这一次的出鞘是如此失败，却如此可爱——王去见他（他才是吴钩真正的主人），脸上滑稽地蒙了三层布。

呵，这实在是颁发给伍子胥最光辉灿烂的一个奖状。

注：此篇写的是《过昭关》《芦中人》和《浣纱河》。

剧情简介：楚人伍子胥全家为奸臣所害，不得已四处逃逸，辅佐吴王阖闾图报家仇。在伍子胥的推动下，吴、蔡、唐等国联军打败楚国，吴王夫差四下征战，打败了越国。伍子胥劝夫差拒绝越国的求和。他的建议未被吴王采纳，并从此渐渐被吴王疏远。后遭陷，他自杀身亡。吴国亡。

不合时宜的古人

晏　婴

古代封地是特别有意思的事：将某个人从彼地搬运到此地，扎下根来，这个人就整天琢磨着搞基建、写诗词，忙得不亦乐乎，留下一大堆轶事趣闻和辞章墨迹。于是这个地方就成了奇妙的地方，这个人就成了"人物"。白居易之于杭州、柳宗元之于永州等，就是鲜明案例。

要说的这个人，他叫晏婴，春秋时期齐国名相，一生历齐灵公、庄公和景公三朝，辅政50余年，奉行"意莫高于爱民，行莫厚于乐民""意莫下于刻民，行莫贱于害身"（见《晏子春秋》）的政治主张。意思是：没有比爱护百姓更高明的想法，没有比让百姓快乐更宽厚的做法。没有比苛刻地对待百姓更低劣的了，也没有比败坏自己的德行更不值的了。

晏婴在其封地晏城也算权倾一方了，按照一般逻辑，大可富甲一方，可他平时只穿粗布衣服，只有在出使他国或参加盛典的时候才穿上一件狐皮大衣，而且这大衣一穿就是 30 多年。

他吃的不过是粗茶淡饭。一次，晏婴正要吃午饭，齐景公派人来见他，他就把自己的饭菜分成两份，请来人共进午餐。景公知道这件事后，立即命人给晏婴送去许多黄金作为他招待客人的开支。不料晏婴不肯收下，景公派人送了三次，他还是执意不收。晏婴对景公说："作为一个大臣，将国君的赏赐用于百姓身上，是以臣代君治理百姓，忠臣是不这样做的；不用在百姓身上，反而收藏起来，仁义的人是不会这样做的；上对不起国君，下对不起百姓，聪明人是不会这样干的。所以，请您不要再赏赐臣下了。"

晏婴平时上朝，总乘坐一辆劣马拉的破旧车子，有时甚至步行。景公觉得他乘坐的车马与他的身份太不相称了，便派人送去新车骏马，又被拒绝。景公不高兴了，便问他为何不收。晏婴说："您让我管理全国的官吏，我深感责任重大。平时，我反对奢侈浪费，要求他们节衣缩食。我若是乘坐好车好马，百官们便会上行下效，奢侈之风就会流毒四方。倘若真到了那个时候，恐怕就再也不能禁止了。"

晏婴的相府地处闹市，且阴暗狭窄。景公提出为他修造新宅院，也被婉拒。不过，景公趁晏婴出使他国之时，为他新建了一处豪宅。晏婴回国后，马上就从新相府搬回了原来的住处，并将新相府加以改造，分配给了原来住在那儿的人。到了晚年，晏婴不仅不再接受任何新的赏赐，还向景公提出将原来赐他的封地退回去。

不仅"戒得"，他还"戒色"。景公见其妻"老且恶"，打算将爱女嫁给他。他居然坚辞不受，说："去老者，为之乱；纳少者，为之淫，且夫见色而忘义，处富贵而失伦，谓之逆道。"

——他拒绝富贵和美色，怕的是自己忘义失伦，逆了天道，而忧属下和百姓仿效，误国误民。

晏婴之于晏城的意义，实际上早已超出了地域所限。晏城太阳高照、平平安安，是一片土做的城池——黄河像它的护城河。

"土"好啊，在中国的五行学说里，土曰稼穑，土性敦实，土是万物的归宿，是厚道慈爱的象征，"坤厚载物,德合无疆"……正合晏婴本色。景公时,晏婴任职三年,有好多人不满,上至达官显贵,下至平民百姓,包括其手下和身边的人,告他治理不力,没有政绩,还存在这样或那样的问题。景公召见他,说:"我也无可奈何,虽然知道你有本事,但众怒难平,只有罢免你了。"晏婴立下军令状,保证能让景公在全国听到自己的好名声。三年后,果如其然。景公高兴,要提拔重用他。这时,晏婴向大家说:过去三年,我尽全力为老百姓做实事,修路筑桥,还下大力气整顿社会风气。那些懒惰的人怪我劳民伤财,那些行为不轨的人怨我处罚严苛。因为审理案件时不听权贵打招呼,他们对我意见很大;身边的人求我帮忙,我总是公事公办,以至于他们得不到好处,所以也非常反感我。整整三年都是这样,谁会有好名声呢?后来三年,我诸事不管,一心对上迁就,忙于应酬,身边的人有啥要求,我都尽力满足。三年下来,天下人都说我是好官。其实,前三年要惩罚我,事实是我应该受到表彰;现在要提拔我,而我的确是应该受到惩罚呀!

——晏婴说得对啊,不作为就是犯错误,是要受到惩罚的,而不是不作为就算好官了。

除了主项"土",晏婴的性格里又有"火"在——

火曰炎上，火性燥热，是一种升腾迸发燃烧的过程，是热情的象征，使得万物鼎盛。热情似火的晏婴对百姓才不遗余力，施以惠泽。不仅危难之际救下百姓性命，遇有灾荒，他还会将自家粮食分给灾民救急。

晏婴最不缺的，还有"水"——水曰润下，是一种滋润安静、消亡并重生的过程，是万物衰退到极点并重新开始之时，是智慧勇毅的象征。齐庄公比较好战，一次他准备派兵袭击弱小的莒国。为防止出现意外，他下令关闭了齐国国都临淄的城门。百姓不明就里，以为出了乱子，拿起武器站上街头。庄公情急之下想到晏婴，命人传令："孰谓国有乱者，晏子在焉。"人们一听晏婴在，都放心地回家了。后人评："晏子立人臣之位，而安万民之心。"春秋末期，乱象四现，他如同定海神针，使百姓心安。

当然，最可贵的，是晏婴握有"金"——金曰从革，金性肃杀、严厉，是一种收敛肃降的过程，是纪律的象征。而五行又有"土生金"一说，因此，晏婴一生中无数次在刀尖上跳舞（《晏子春秋》就记载了200多件关于他的事，他先后辅佐的三任领导——灵公污、庄公壮、景公奢，都是不好惹的主儿），可他能黑下脸来，玩命死谏，放弃自己的利益，也不怕得罪人，还是基于他的厚道慈爱。严的根本其实是慈。

同时，晏婴又很"木"——木曰曲直，木性条达，生长发散舒展……木是生命的过程，是真相的象征。他做事，他言说，忙碌奔波，都是为促使自己的国家朝着好的方向发展。无数事例证明，多少所谓正史与史实相去甚远，由于误记或有意的毁誉。但每每一一扳正——该剪除的剪除，该斧斫的斧斫，该以血液浇灌长大的，以血液浇灌长大。

同时代的孔子与之不睦，却曾赞他："扶助拯救百姓却不自夸，言行裨补三位君主的过失，却不矜功自傲。晏子果真是君子！"司马迁也说过："假如晏子还活着，我就算为他执鞭驾马，也是心向往之啊！"上下五千年，让太史公佩服得五体投地的人可真不多。

项　羽

比起心眼子一箩筐的刘邦，很多人更喜欢项羽。

项羽出身于"世世为楚将"的贵族世家，虽算个叛逆者，但完全没有庙堂气，虽自幼不喜读书，偏爱舞枪弄棒，但毕竟多年的家庭熏陶摆在那里，举手投足间的风采仍是强过了草莽出身、猥琐狡诈、满嘴没一句实话的刘邦百倍。何况，彼时项梁仍在，万事都用不着他这个晚辈操心劳神，虽然上过几次战场，也都顺顺利利没多少波折，以至于垓下之战前的他，也不过是个未经风雨且武艺高强的贵公子罢了。如同一把宝刀，安安稳稳地睡在鞘内，只要不被拔出，就不会伤人，不会有杀气。

他的对手其实都是些不靠谱的家伙：屠狗的，卖布的，管牢房的，帮别人哭丧的，耍嘴皮子的……更要命的，还有那个为了自己能逃脱活命而把自家儿女几次推下车的刘邦。

项羽天真烂漫。

有一回项羽攻打外黄县，数十日而不克，两个月后外黄支撑不下去了，只好投降。项羽余怒未消，气愤地把外黄15岁以上的男人全部押往城东，准备活埋。这时有一位十五六岁的小男孩走出来，争辩道："彭越攻下外黄，要挟手无寸铁的百姓，大家为了活命假意投降以待大王。现在大王却要屠城，以后谁还会归顺大王呢？"虽然外黄是被迫投降，小男孩显然是在狡辩，但是大男孩项羽还是对小男孩动了恻隐之心，还给足了面子,放过了所有人。

还有,他不懂得人心隔肚皮,还有点傻,有点笨——刘邦一句"小人挑拨离间"的话就能够把他的绝密情报(曹无伤是本将军的眼线)搞到手;陈平一句"不是亚父的使者,是项王的",就让项羽跟范增疏远了,破裂了。因此,乌江那被"朋友"算计的一折子不可避免地来了。此前,楚汉相争,可以说项羽百战百胜,刘邦百战百败。

在感情方面,项羽也秉真性,存纯稚,在自己生死攸关的时刻,为了爱人的命运而伤心得泪流满面。因为他天真烂漫,所以不会像刘邦那样叫嚷:"只要拥有天下,贵为皇上,还会缺少女人吗?"单纯的项羽就是这么傻乎乎地相信,女人很多,但不是我的"那一个",任凭弱水三千,我只取一瓢饮。

项羽仁厚宽宥,有诗人气质。日常军旅生活中"恭敬慈爱,言语呕呕,人有疾病,涕泣分食饮"(《史记·淮阴侯列传》),分明是个血肉丰满、心肠细腻的性情中人。他从来不会嫁祸于人,推卸责任:他没有责备过丢失城池的曹咎,没有批评过打了败仗的钟离昧,甚至没有咒骂关键时刻倒戈叛变的英布!一生从不玩心计,只知道醒来就提剑在手问"天下谁是英雄",还时不时哄弟兄们开心。荥阳之战,项羽对刘邦就说过这么一番慷慨激昂的话:"天下纷纷乱乱好几年,只是因为我们两人。我希望跟汉王单独挑战,决一雌雄。再不让百姓老老小小白白地受苦。"乌江岸边,二十八骑的东城决战,尽显英雄英气:他斩将,刈旗,溃围……当然,还有别姬,战场上那片刻的抵死缠绵。

待项羽率二十八骑四面出击,几进几出,斩杀敌军数百,突出重围,奔至乌江。乌江亭长早备好舟楫,眼巴巴专等项羽,助他过江,重建大业。他从容下马,套好缰绳,对亭长说:"我哪还有脸过江呢?想当初,江东百姓交与我八千子弟,如今只剩这么几个,即使江东父老原谅我、支持我,难道我自己就不惭愧吗?"接着,他将缰绳交到亭长手上:"这是我多年的老伙伴,送给你吧。"而等到从敌人队伍中发现叛徒骑兵司马吕马童,项羽居然可以问候:"吕将军一向可好?"然后,一句"汉王悬赏千金,要我的首级,呵呵,这颗头就送给故人吕马童你吧",成人之美。身上有几十处伤口的项羽大笑之后,便横剑向颈,自刎而死。

就这样,数一数,一段短短的《史记·项羽本纪》里,项羽的天真烂漫比比皆是:项羽不会手擎长剑,斩一条小白蛇，就造谣说这条小白蛇怎么怎么啦，传得那样云山雾罩；项羽不会面对强敌而弯腰请罪；项羽在鸿门宴上因应允项伯之言而"善遇"刘邦，此后范增虽"数目项王"，而项王仍"默然不应"；项羽不会让自己的手下替自己死！他一点也不含蓄，一点也不躲闪，一点也不讲策略……他给对方看他的伤口，他的军功章，他的一切。他由此遭到邪恶全面彻底的攻击。邪恶无法容忍他的存在，因为他把自己摆在与邪恶你死我活的对立面上。于是，乡愿活着，滑头活着，痞子活着……项羽死了。

如此说来，项羽确实天真烂漫，也死于天真烂漫——岂止天真烂漫？他还有许多缺点，譬如刚愎自用，譬如暴戾。但天真烂漫的人往往有真性情。更重要的是，天真烂漫的人即便不是君子，也绝不可能是小人——因为小人总是城府极深的。

然而，当黄钟被毁弃的时候，瓦釜就开始雷鸣了。项羽与现实中的"苍蝇"刘邦们势不两立，刘邦们却能游刃有余，甚至与项羽事业开端最初的部下搞合作，讲互利，并策高足，踞路津……在项羽战死的地方，他们同项羽走了不同的道路——那些曾誓同项羽同生死共进退的兄弟，全然忘记了已离去的八千子弟，他们退到安全线以内,抢夺项羽的尸体,瓜分他的四肢,相互践踏,竟因此死掉几十人。幸存的,便同敌人一起,封侯纳爵,粗声吆喝着,大块分麾下炙,大秤分金断银,并开始讨论幸福。

悲哀的是:这不是项羽一个人的悲哀啊。

第三辑

素履

野　山

　　雨落了一夜，不知什么时候下的，也不知什么时候停的，只是一睁眼，一院子的水光。

　　很不容易打听出地点，到了山下。

　　抬头看，见一条小路七拐八拐的，躲着我们走。既然来了就迎着上吧。我们揪住小路的尾巴，把它踩扁了，硬上。路上会时不时凸起一片怪石，有土壤的地方会突起一坨子网状的粗大树根，坑坑洼洼不说，有段路干脆被挤到崖边，只好手脚并用爬过去，然后再找到不远处朦胧中的下段路，接着走下去。

　　也许是雨后的缘故吧，一直都能听到溪水"哗啦""哗啦"的响声，可以根据声音的大小，来推测溪流的深浅或水道的宽窄，以及距离的远近。

隔着树丛草丛还可以时不时地看到溪水闪烁着的光影。遇到谷底稍宽处，就会看到傍水的巨石，有大，有小，有突起，有平坦。一处巨大平坦的石头错落有致地摊开着，水从石面上漫过，间或有些从斜置的石块形成的石沟中穿过。上游不远处的水突然遇到阻挡，或被抽去了脚踏处，形成了大台阶，那水就会挑起一大片水花，或形成一处小瀑布。一些枫树叶子在岸上、凸出来的碎石上，像一些小巴掌，小风吹不动；另一些在水上，随水流走，溪水的声音很大，不知是在抱怨，还是在惊喜地尖叫。

从头到尾，一路都是这样的景，这样的声音。

有时岸边还有巨大的石块，仿佛裂开的谷底里的石头不甘寂寞，突然有一天跳上高处却回不去了，只好突兀地留在那里，与它的出生地隔着距离相望。涉过小溪，有些害怕地爬到对面的巨石上，迎风站立，让那座寂寞的石头快乐了一会儿，增加了一会儿高度，然后又缩回原来的样子。风呜呜吹着，在耳边，溪流声反而更清晰了。

溪边有棵老槐树。树极大，该有二三十立方的木材吧，叶子极其稀少了，大部分已经死去，但活着的小部分,伸出去,像一只臂膊,看上去奇异地健旺,有点像光脚、赤背、活成人瑞的瘦老人,老了老了,又长出了新牙,景仰之余,略微骇人——似乎是死去的那部分的生命,统统挪移到了这杆独枝上,甘愿自己做了牺牲。

这里的温度差不多比闹市低十度。

我们沿盘山路继续前行。

草木夹道,花开得像吵架,个个美人脸,将我们来时干干净净的白球鞋吻上了一道一道的藤黄粉绿,而且越用手抹越浓,像穿着彩虹走,身上也散出花香。有一些鸡腿菇,打着小皮伞,很神气;有一些松蘑,戴着小网罩,很喜人。还有一些长着红脚的植物,细小的芒刺不时扎进白袜子。

蓝翅膀的小鸟在植物间隐现,不知道它的名字,也不知道关于它的知识,可一点也不妨碍享受它的鸣叫。山边不时有愁肠百结的小溪流过——它们在同一个节气对这座山集体患上了相思病。

其实,在雨后的山上,还可以找到许多小小溪流,发出女孩子一样细细的叫喊——美如此密集,叫我们再一次确认：美总是和美在一起。

天青，花多，树稠，鸟儿好看……山上的小东西真多，越看越觉得多：鸟鹊灌木，草虫，草，还有纯粹，诚实，信任……那些平常之物，却无一不完满到无可挑剔，像此前从来没见过的东西，让我们莫名幸福，恨不得脱掉鞋子，赤足与它们在着的土地亲近，并开始相信，万物都有其绝大的美意。

而一朵花一只虫子，轻易地就打动人，不仅在于它们的美丽或有趣，更在于它们是那么直接地表达了我们的迷茫、喜悦，再现了我们的"白日梦"。它们的一生，是我们的一生。

在这里，所见皆古老事物，古老事物又都是崭新的，而在古老崭新的自然中生活，遇到什么就看什么，看到什么都欢喜，多么好。在此间，就算归隐不得，做个放蜂人也是好的。

四周都是树，树干粗大，叶又浓密，将偏东、偏南的阳光悉数遮挡了，使得这午前时分也像黄昏，天日光透如同星月。有很小的群雀往来上下，如同会唱歌的云，若不是它们发出叽叽喳喳的声音，又太像落叶纷纷了。特别招眼的是山楂,红灯笼似的,挂满了山。中间夹杂有核桃树,只是不多了——人家都打得差不多了。走到背阴处,居然还看见了山梨,黄澄澄的铺了一地,原来是果实熟透,自然落下,竟然没人捡。过路的村民说后山更多。我们由于时间关系过不去了,也没带那么多张嘴。

上了没有多少路,就看见坡上很多都开辟成了梯田,有农民将羊像放风筝一样,放上了山冈,还有农民正在收玉米——这个季节多是玉米地瓜,貌若中人,而圆实可爱。

梯田的田埂上有许多柿子树,下面的叶子铺成厚毯,光秃秃的枝条上,挂着许多颜色鲜亮的大柿子,有些还落到地下,叶子接住了它们,一只秋田鼠也接住了它们中的某个。看来是在树上自然烘熟了的柿子。附近村民的房顶上,晒着一些柿子皮,太阳照着,一片红光。院子里有很多大树,有绿有红,绿得红得都要破了。所有的大树上,挂满了一嘟噜一嘟噜用玉米秸编成大辫子、相互连缀着的玉米——太多了,太重了,唐楷一样肥厚圆润,让人不禁为那些本来很粗壮的大树担心。那些大树都像黄金树,接天连地,眉目如画。就这样,花湿润,果实湿润,花朵和果实生长在一起,植物和植物生长在一起，太阳好像落不下去了，大地蒸腾、鼓胀，有些腥味，一山的汁水飞溅，一切都在笑，不无分娩痛苦的欢悦，而两个人坐在那里交谈，像一部电影。

——在我们平时到不了的地方，原来时刻在发生着许多故事啊，而田野的语言是生长，我们与田野对话的方式是凝视。凝视着，我们几乎能感受到四面八方从植株的根部蔓延过来的柔韧的力量，扑到了眼眉上。我看见它们带着河流和星空，爱情和伤痛，一路心急腿慢地赶来。

所见万物，仿佛天生是直接从天堂掉到大地中央的，没有一丝一毫的阴影，每个角落都明亮似晶，无须摩挲，你马上就被她的光华照亮。

我们说不出话来，心里满是静、美、爱和感激。让我们相信，原来一切都是诗，诗的存在倒没有必要，而总是会有现实的某个时刻，内心突然丰盈起来。

如你所知，我已经赞美过许多遍一直爱着的事物（比如植物），从不厌倦——爱着的，依旧倔强地爱着，不因它重复的美一再流过此心，而逊色半分。

如果有可能，真想住在这里。在光、鸟、河流、树木，以及它们和我的友谊中居住，该有多好。一跟它们在一起，就会知道：我还能保持住我的纯洁。

我们短暂停留，还得继续走。翻山越岭，爬沟过坡，或有路，或没有路，踏着乱石、半米深的草，钻过有着许多掉落的、乌亮滚圆槠栎籽的荆棘树棵，在山梁上走着时，还刮着呼呼的大风。

此行艰难，但是高兴。

二郎山素描

叶子向一个方向生长的树

就是那种有着细碎叶面和坚韧木质的树。

它是野生的，没人管理，也没人在意它的荣枯，很慢地长起来，长时间地静立，有时摇摆，一寸一寸地从石缝里拱出，抽芽，长高，变老，变矮，变丑，一定会死——就连哭泣，都不吭一声。

它的身子是歪歪扭扭的，像是被雷击过——也许正因如此。它身子上有树洞，不规则，像被掏空，像眼睛，像很大很深很难愈合的伤口。它旁边毗邻的杂草丛中，有一个硕大的连根树墩，猛然看上去有可能被吓住：像极了一颗菜市口刑场上滚落的人头——也许是它的旁枝吧，它身体的一部分。

也就是说，它身体的一部分已经死了。不留神看，你会觉得它的主干——它,本身也就要死了。是的,死,就是那种春来不再返青的死。

它乏趣,也不美丽。它的躯干是皴裂的,干巴,一块一块的,黑褐色,不均匀,跟老人的手一样的颜色、质地和年龄。尤其在冬季,它更像个老人:枯槁,冷峻,忧郁,寡言。

事实上,它从来面无表情,一言不发。

阳光诈出它的内心,有些迟钝的,然而有情感和想要飞翔的内心。一直、一刻不停的仰望是爱着和飞翔的一种,托出满怀的果实是另外一种。

所有的叶子只向一个方向生长,是最终的一种。

人间浮世,聚散靡由,风疾雨烈,身若蜉蝣,都是我们所掌控不了而含泪顺从的。这棵树,它不。或一千年或一天,在它都是一样的,就是:向前,向前,向前,心意永不更改。

从第一片开始,倔强地,泪眼婆娑地,冥顽不化地,死也不回头地。

叶子暴露了树的秘密。然而，它生命里的光芒一辈子都向内闪耀，收敛在内心，无法显现。它自己对此也无能为力，或者说，它根本不想显现。

总有些记忆可以成诗。譬如：对另一棵树，对生长在那个方向的另一棵树，曾经生长在那个方向的另一棵树（它已死，或被移走。总之，没有谁再看到它）。譬如：对飞翔，对飞翔的迷恋，使得它误以为满树的叶子就是向着一个方向飞的满树的翅膀。

它有身形，有骨骼，有枝叶作臂，有汁液作血，当然也有如月华一般的柔软思绪。因此，当暗夜袭来，它驿动的心旌向着那个永远的方向，摇曳成一树月光——星宿空旷的低语全部都只为它传递心意。

有时，鸟声和雨滴可以作一回它的韵脚。

野葡萄

到深山坳里，满眼里映的，诗性和鸣，包了山、包了水的，居然仍是野葡萄。

就是《诗经》里提到的"绵绵葛藟，在河之浒"

的野葡萄，从有古化石就已经有了的野葡萄。

它矮小得近乎趴，但不是爬。它细密缠绕，紧紧扒着、抓着山石，渴望着云彩。它就那样随意地开在路边，每一朵都毫不起眼，却成片成片地开，带着纯粹的颜色，突如其来，势不可当。仿佛一段激越的感情，因为已知道无路可走，索性破罐子破摔，拼死一搏。

残崖香冷，它自顾自地生发、彰显、克制与冥契，俯仰杂乱，并不工细。它的生命与一切无关。

没有什么人来为它浇灌，没有，从还是一粒种子时被不知名的鸟儿衔来之后就没有了。一直没有。

渴。

当然，也有山花红紫，野树高低，以为自己是头牌歌姬和王公贵胄，比着它，鄙夷它，挤对它，踩着它。

然而，冬日即临，山花失了颜色及媚笑，野树吓褪了胸毛，蜷缩成一小团。瑟瑟发抖时，挑起火把，照耀一山昂扬的，是双目收拾不得的野葡萄——只有野葡萄。

那种小小的果实，坚硬的果实，石子一样，原本细弱卑微，温厚宁静，在诗歌一样的这座山上，它简练质朴得像大白话，实在是小得不足以引人注意，甚至招人侧目——勉力而为，总有点叫人瞧不起。然而它不管不顾，只奔着结成果实而去，每一枚叶片都是一面战鼓地去，不拐弯、大踏步一个心眼地去，砸开一切枷锁镣铐，心急火燎地跳着去，于是，劈面、拐角，到处都有了它抓开衣襟，"嗯"一声晾开、剖开火把一样燃烧着、裸露着的胸膛——它既温润妥帖，又波澜意度，不经意间，长成了史诗行吟般、拙朴叠加了苍凉的模样。

它不在乎观众。它无所怨尤。它无挂碍，也无所谓；不勉强，也不自觉；它平易而不炫卖。它不动声色，深藏决绝。

它的果实是只消轻轻一捏，便火山似的呼啸着喷射、染红染紫了手的那种浆果，带着泥浆的那种果实，女子的月水一样，浅红、绛紫的颜色，浅浅深深的颜色，深渊的颜色。

它的果实不好吃——酸、涩难当，让人想起生活里一切不如意的日子，想起消逝的红颜，远去的爱人，凋零的冬季和死掉的河流。

可是，一俟时令——纵过了时令，也总有深情的歌唱一样，瞬间爆裂的野葡萄，等在瓦楞上、石缝里、断崖处、小径旁、溪流边、车轮下……把山冈拍遍。

茱　萸

其实，它不过是与端午的雄黄和菖蒲一样平凡的东西，和二郎山漫山遍野的地黄、山药、菊花、牛膝等草药差不多，布衣荆钗，不离不弃，守着故人旧山水——甚至比起它们中的许多，身份还要低贱些。

只不过盛唐得意，人心自在，有大把的时间可以用来专心思念朋友。这当儿，便出了个"妙年洁白，风姿都美""风流蕴藉，语言谐戏"的诗人，彼时身处边疆关塞的壮阔荒寒中，不经意嘀咕了一句所见之下人人都起了忧伤的句子，从此，茱萸竟暗自记下了伊的出身，香飘千年。

"遥知兄弟登高处，遍插茱萸少一人。"

其实，它不过是一味药。

无可无不可地，茱萸每到"荆溪白石出，天寒红叶稀"的时候，便给叫成雅号"辟邪翁"，招摇于妇人头上、男子身上，也跟贵客似的，金钗银环锦囊香包地伺候着。然而，待过了这三两日，茱萸又给叫回小名——茱萸，回到山野，眯着眼，老实待着，新绿过了，不再簇新鲜亮，更不再高贵时尚，而是一点点变得薄旧，渐渐便至首如飞蓬，并被淡淡蒙上一层时光的尘埃，变成沉甸甸的墨绿不说，还开始纹路纵横。饶是如此，最后还是被一只药师的手飞快地采了晒了捣了滤了喝了——像乡下的媳妇，也就是在新嫁娘时美丽那么一阵子——也许就是一个晚上，第二日一早，天蒙蒙亮就得起床向公婆请安，再打草、烧饭、刷锅，剩的泔水喂猪鸡鸭鹅狗牛。

由于一句也许是漫不经心的哼唱，使得茱萸一举成名的那位画家诗人王维，后来被尊为"诗佛"。而另一位诗人元好问说"诗为禅客添花锦，禅是诗家切玉刀"，因此，如他所擅摹的静美空山，茱萸也成了一个寂寞幽僻的大词，内里渐渐生出了一颗定过禅的诗心。

因此，在伊请安、打草、烧饭、刷锅、喂猪鸡鸭鹅狗牛之余，用袖口胡乱挽得高高的手臂轻轻撩起额前碎发时，偶或也想起高烛照红妆的新婚夜，夫婿的温存和他美好的膝盖——茱萸偶或也红泪一般，在秋风里滚落那么一两颗，没人瞧见，便成泥。

然而，旧自是旧了，不能再回新嫁娘的明艳照人和招人爱怜，正如茱萸不能再回诗歌一样。

其实，它不过是一味药。

济南四季

济南之春

地气一动,人们就开始常说一句话了:济南春脖子短。

济南就是春脖子短这一点不好。可是,是不是也正因如此,人们才更珍惜它呢?珍惜它的表现就是:无论是谁,挤出一切可以挤出的时间,在万物生发极其集中的一段时间里,放下手中的活儿,拾掇自己的身体和心,成一座空房子,专心去装一些植物来,那些世界上最好的物。

哦,惊蛰了,开始了——是谁,失手打翻了一杯隔夜的茶?某些不明所以的东西在到来,白色的烟团包围了四野,各处弥漫着蠢动的腥涩。于是,春天的到来成了一夜间的事。早晨一睁开眼睛,就见空地上无端多了些湿漉漉的印子,小小地凸起着,像鱼儿吐的小泡泡,这儿一团，那儿一簇——是蚯蚓活动筋骨的痕迹。然后，迎春和连翘不知道谁仿效谁，模样差不多，争着挑出了黄灯笼。然后，很多很多的爱和力量苏醒了，整个大地，寂静中充满响动。

济南的好植物很多啊。它该有多少好植物啊，以至于没处盛没处搁的，非要将一个已经很大的植物园改成"泉城公园"，在不远处又建了一座更大的植物园。不用说百花公园的玉兰大道、五龙潭公园的樱花雨，你去二三十分钟车程就可以到达的南部郊区，也一下子就可以看见，到处都是新翻的泥土，暄腾腾的，黄色夹着褐色，一道一道的，折扇一样，打开来，满是虹彩。

城内城外的小山们就更不用说了，积攒了一冬的绿啊，这时说什么也憋不住，一股脑儿全都倾倒在山坡上，没有了疆域。浆果，灌木，蕨类，草木，你推我搡，绞出了汁子，连石头也被这绿泡软了，就要兴致勃勃开出花来。而满城的柳，那是满城的绿啊，如烟似雾，没边没沿地蒸腾、洇染开来。到小阳春，柳絮都飞起来了，柳树的心都飞起来了，它们捉对儿，成球，成团，追逐嬉闹，如同一群白衫少年——它们飞奔在半空里，不肯再回到凡间。这时候，你被柳絮烦恼着，也欢喜着，走在柳絮里，像走在梦里，一切都不真实起来。

相信吧，无论有名无名，户口在城里还是乡间，植物都是这个世界上的非凡之物。而济南处处有水，自然也处处有植物，处处的植物都生长得水润纯良，像一些美好的人。

就这样，随着雨一次次的返回，大地寒气散尽，变得整个儿香喷喷的，遍地花开。在街上走着，会生出一种小醉的感觉，精力集中不起来，脑子也有点蒙。花都开得发酵了，像给大地吃上了一种什么药。这种日子，在屋子里根本待不住——你会一整天一整天，泡在户外，舍不得回家。

这叫你的眼睛和鼻子也闲不住。因为自从迎春和连翘开了门，花朵们的拜访就从来没断过——黄花朵还真是一种急性子的颜色啊，率领着颜色家族众姊妹，用百米赛跑的爆发力，一刻也不停地前进。她们的洁净叫人简直想一朵一朵、一瓣一瓣展开，在上面书写诗篇。她们又多有耐力啊，所谓开到荼蘼，也还是向前奔着——春至而梅，而樱，而海棠；春深则桃，则李，则丁香；即便春去，还蜀葵，还茑萝，还蔷薇……花朵开了又开，开了又开，将身体里的呼号都给喊了出去。那些大都有着草字头、木字边姓氏的小号们，一百万一千万枝地演奏香气。

与香气结伴而来的,是一群群的蜂子和鸟儿——鸟儿用不同的语言对歌,在枝头跳来跳去,从早到晚都能听见它们的歌唱。头角黑黑、遍身黄嫩的蜂子,腿子肥嘟嘟的,金粉闪耀,裙摆被阳光照透。

春天里还发生着许多美好的事。比如说,莲。在这个季节的尾巴上,济南大大小小的池塘湖泊里,莲叶平水冒出,小小的叶子,羞涩地抿着嘴唇,打个哈欠就长成了半大小伙。他们舒展开来,平铺下身子,躺在水水的软床上,恨天恨地地等待起来。其实,不必着急,到不了夏天,白腰雨燕低低掠过水面的时候,他们这些"绿衣人"所盼望的伴侣——"粉衣人"就来身边了,垂着眼睛,红着面孔。在花下,人们的说话声也温柔起来;过了恋爱年龄的人,又想恋爱一次。

而对着莲微笑的人、出神的人,也一样,都是有福之人了。

济南之夏

济南的夏天很热,像模像样的那种热,路边的芍药花甜美到了惨烈的地步,这河边、那河边的杨柳也是绿得快冒火。在阳光下,种种图像都发出响锣般的亮堂。

而济南自造十万层的清凉，可以抵御那热。

想想济南的四周，哪里没有泉吧，这些可爱的泉们，它们表面上看着各自过着各自的日子，互不相干，私底下却是打断骨头连着筋的亲戚，泉套泉，泉生泉，泉泉不息。坐在趵突泉边的长椅上，柳枝一大把，都拂到了脸上，痒痒的，看阳光折射到池底，石子被有放大镜功能的波纹漾得一会儿大一会儿小。水碧透，无词无语，只偶尔花瓣落下，打下一个个环环相扣的句号。渴了，到杜康泉接上一瓶"杜康"——如果你有足够大的胃口，尽可接上嘴巴，喝掉一眼泉，然后再附赠你一眼泉——反正我们最不缺的就是泉，也许不用喝，嗅一嗅满园的松柳清香，燥气就全被挤走了。也可以干脆坐在白雪楼前无忧泉边，或漱玉泉边的白色大石上，双脚浸在冰凉的泉水里，抬头看对面的小孩子踩出、泼出、用水枪滋出的水从面前飞过，低头看彩色的鱼自由嬉戏，一条两三尺长的"潜艇级"黑色大鱼在池里慢悠悠来去，警惕逡巡……这当儿，世界万象都不在眼里了。

夏天的济南还有树——东，有龙洞，古木足有上百种，绿意深厚，天地都被遮蔽，常常还要拽上大雾来裁成这强壮大绿的花边；中，有泉流汇集而成的大明湖，一个大冰坨子似的，镇在那里，荷花开也香，闭也香，白天也香，夜里也香，很多人会在长椅上睡去，到凌晨也不想回家；西，有大峰山、五峰山，其实还有容易被人忽略的腊山，等等，都布满了树木和高草，里面掩藏着的泉，随时挡住去路；北，一条大河纵贯在那儿，还有数不清的杨柳罩着，朝高高的黄河大堤上一坐，风一来，简直哪里也不想去了；南，就更不用说，南部山区，那是一城的水源啊，涵养全部的泉，还有树。一座大山就是一个军用水壶，有点歪斜地悬挂在那里，东南西北风摇一摇，就"哗啷""哗啷"倾倒出水流，百年千年过来，不干也不枯，在旱季涓涓细流，在雨季飞扬成瀑。

在城市内部，那些著名的街道上，也是不缺浓荫的——南外环前几年栽的树都长起来了，还被称作"月季一条街"——月季的香本来已经出色，何况"一条街"呢，在那里散散步都能散成花仙子；玉函路却又"蔷薇蔷薇处处开"，一遍一遍地，涂满夏天，重瓣的热烈，单瓣的清寂，红白粉轮番看来，像这种植株自己的专场演出，其惊艳程度可与前者比肩；堤口路靠近人行道种着特别高大干净的白蜡树，树龄都有几十年；英雄山路两边是整齐划一的雪松，打眼一望就是两排绿巨人，可见有多高大俊逸；纬二路上的法国梧桐，直径两个人都搂不过来，六七层楼高，都能在其中排演童话剧了；而马鞍山路则足足有六排种类不同的高大树木，蓝艳艳的闪着光，有的居然是 20 世纪 50 年代的"作品"，堪称经典——像这样一条马路就趁六排大树的豪华气派，在全国来讲都是不多见的——包括汁水多、草木多的南方。

于是，一切都密集起来，一切都接续着春天，加深了春天的色泽，并没有分割开来的样子：花儿继续开，鸟儿继续唱，山继续绿，西沉的太阳继续西沉，在湖边的小池塘继续在湖边，继续蓄满心事，天空继续飘着云，如孩子们继续快乐。而群泉活泼，草木单纯，一片水，一片叶子，一片片都是清凉的小世界，令人安心。济南简直是猫在水底、叶底和快乐底下，过夏天。

即便夏天里温度突然飙升，人们也都笃定安然，因为毫无疑问，雨就要来了，不管是"随风潜入夜，润物细无声"，还是噼里啪啦雨打荷塘，明朝的一场彻凉是无疑的，而泉们又会涨了几厘米。这个城市每天例行的天气预报上，会比其他地方多一个项目，"趵突泉水位情况、黑虎泉水位情况"，它们的涨或跌，都叫人牵心。

就这样，在夏天，人们会看到许多叫人愉快的事物。一株一株挺拔入云的银杏、悬铃木和白杨树，一条街一条街抬头不见低头见的黑松和云杉，不慌不忙地结缡连枝——这些街道，横成排，竖成列，以经纬线命名，是全国或全球独一份儿吧？又简易，又好记——再大的路盲也不用怕，不必看太阳，横着竖着数一数：1、2、3、4……心里就清爽了。走在街道上，感觉像走在地球仪上，很是奇妙。

静美而富饶，济南的夏天，方舟一样泊着。一切都安然无恙。

济南之秋

到了秋天，我们常常要被这座城市异乎寻常的颜色所震惊。

这是爬四周小山最好的时候了，大地在收获，万物在沉稳采集、郑重捧出，对人类发出邀请，一切都丰肥厚实起来。在这些散落在城市边缘、镶着柏树蓝郁花边的小山上，果树已经结果了，山楂、山枣、柿子、核桃、樱桃……密密麻麻，风吹果落，香随风送，它们的叶子先青绿，再嫣红，为山体抹上了一层又一层油亮油亮的颜色。一棵树就是一座岛屿，座座"岛屿"在天空下，既辉煌灿烂，又温柔安宁，呈现着大千世界的秩序荣光。让你一时相信,许多的美,在我们看不到的地方,在自然中,细水长流地秘密流传。

城中有座佛慧山,古来就是著名的赏菊地点,到秋天,满山满坡的,都是菊花,自由奔放,没有半丝扭捏,开得那叫彻底,恨不得连叶子也开出花来——其他季节倒也看不出这座山的不同寻常。可是,就是秋天这个按钮一揿,它就开花。那些小小的白花朵黄花朵,有着异常泼辣的生命力,前赴后继,柔软烂漫,要一直开到整个深秋过完——整个秋天,整座山,金属汁子一样,会排山倒海淌着香气,将世界全部的美展露在你面前。

当然还有河流。河水不见底的地方,水藻四季常绿,浓、密、长,沉甸甸,且永远动着,腰肢细软。是那种仁爱富足的绿,无论魏晋不知有汉的绿。两边河沿上依然是树:柳树、楝树、乌桕树、山楂树,霜降之前,奔跑着的孩子一样生旺。在小清河两岸,还有许多栽种不久的白杨和银杏,它们的活泼是相互传染的,过不了几年,又是一大天一大天的叶子,绿绸子一样,盖住了河面。

与小山上一样,有河流的地带都埋伏着看不出实际面积的树林，只是树种有所不同——白杨的阔叶一团一团雄强的烟黄，银杏的扇叶半圆半圆惊艳的明黄。它们本来就是这个季节的主人公，点染得处处国画油画水粉画。可是，画家如果真的住到这里来画，大半是要吃亏的，因为画出来的风物必定像假的，不能服人——看过画的人，会怀疑作者将半生走过的地方的所有好物都集中在一起了。难怪《马可·波罗游记》里提到济南时，那个见惯大世面的意大利旅行家也忍不住说："……这地方四周都是花园，围绕着美丽的丛林和丰茂的果园，真是居住的胜地。"

有花有叶有果实，有虫声，加上螃蟹肥，喝酒的日子便多了起来。况且，秋天本身就是一个大酒瓮，私藏了许多酒：桂花酒、苹果酒、老白干、女儿红……抿一口，就会觉得把整个秋天都喝了下去。在七仙泉边，在甘露泉边，在白云泉边，在自家院子里古井模样的无名泉边，人们把秋分霜降白露，全当节日过了——他们借着一点酒意，从李清照的婉约、辛弃疾的豪放里，下载两个月亮，一个放飞天上，一个浮搁水上，明晃晃的，将四处边边角角所有都照到，再左右前后，甩着臆想里的长袖子，在大片玉白色鹅卵石、青砖石铺成的路上来回走走，就个个走成了诗人——因为有这些泉，济南的秋天自有一番人世饱满的自在。

我们热爱这个季节,以及这个季节的这个城市。它们共有着一个庞大的气象。我们从这里望去,就君临了整个东方的诗意。

显然,悲秋是个永恒的话题。在中国人的眼里,秋一般带给人悲凉的感受。比如:到了深秋,雨会一场接一场地下,连成了趟儿,天气凉一些,再凉一些,终于枯寂荒寒。我们看到,生命繁花凋谢前的斑斓,其实就是绝望——这个洞彻,也许因为我们感悟到个体生命与时空的抗争,无非一场无悬念无意义的游戏。人人都是沧海一粟。"一粟"能让沧海变回桑田吗?不能。"一粟"能避免生命过程中深长的倦意吗?不能。然而,如果选对了一个地方,一个有山有水、有众多植物、有敦厚人心的地方,去盛放自己秋天的思绪,那么,那份酸酸的悲凉也就被酿成了微甜的喜悦。这个地方,无疑最好是济南。

济南之冬

济南的冬天虽然没多暖,但还是比别处要好得多,至少风就不多——济南位于济水之南,北面黄河流过,形成了一个独特的"V"形,生活在这样一个城市里,感觉安稳,滋润,被庇佑,会有安全感。

况且,济南的南北西东,皱皱点点、大大小小都有山,或漫长延展,或独自成城,挡住了西边北边来的寒流。于是,万物睡下大地歇,不大也不小的济南城在冬天,就像一个还在孕育中的宝宝,舒服地躺在子宫里,吮吸着泉汁的甘甜。这个宝宝里还套有许多"宝宝",一环一环,无穷无尽——所有的生命组成一个整体,人类以及与人类共生共存的所有,一同受用着造化的这份惠泽。

而造化安排四季,一个不多,一个不少,一季有一季的道理,谁也不能代替谁,真是美妙。就说济南的这个季节吧,味道全变了,好像一面好好的白墙壁,撕掉油画,换上了一张水墨——秋去冬来,美也换了形式。

那些小草甸也和柳树一样,迟迟地不肯皈依季节,从新绿到葱绿到翠绿再到墨绿,墨绿很久,然后定格在黄绿上,直到最冷的日子,才一夜间老去,却洁净轻盈,仍像一大块玉,安静又神圣。老去的柳树也好看,柔软的铁线垂悬有序,根根透风,在蓝天上垂钓麻雀——麻雀双脚蹦跳的样子多可爱呀。老去的白杨树就更有趣了,巨大的鸟巢突然显现,让一棵树变成一个家,深褐浅褐,草啊细木棍啊,被鸟儿唾液粘得结实,看着乱七八糟,实则精巧非常。鸟巢同树长在了一起,一溜溜的，隔不远就有一个，足有两三百之多，如同一封封寄向人间的家书，平凡，然而神奇。也足可想象，里面暖和和的，盛有五六百个鸟蛋，天蓝天青地睡在里面，到春天就是五六百只小鸟，通身清洁，微湿着绒毛，伸长着脖子，张着小嘴儿，露出嫩黄的喙，给那老鸟儿要吃的。小草甸即便老去也并不干硬，小面包似的搁在这里那里，毛茸茸的，带着糖霜。而老去啊，也实在不是什么可怕的事呢，那是时间在沉淀，在积攒力量和迸发的欢乐——如果你见过春风是怎样将绿从小草甸枯萎掉的根底下吹出来，就该为了小草甸的老去而鼓掌。

大明湖也经常忘了结冰，大雾茫茫，日夜蒸腾，衬得湖心岛成了仙境。还有一种鸟儿，一到冬天就成群结队地飞来湖面，老济南人叫它们"老等"，因为它们似乎光知道定那里站桩，等着鱼。看着傻乎乎的，眼却雪亮，"老等"看上的鱼一个也跑不了——有时候，你会看到一排"老等"站在那里，长喙，缩脖，眯眼，乖顺地低垂着黑翅膀，坦着猪油白的圆肚子，一动不动，像一排安静的黑白键等着你去按。

大大小小的泉池，更加起劲地，哗哗哗，冒着热气似的白气——在西郊，兴济河畔，森林公园的千亩林海附近,以及东郊的遥墙,北边的商河,真的都有温泉呢,一年四季温乎乎的,像有个好老人边打着盹儿,边不停地煲着一个咕嘟嘟冒泡的锅子,炉膛里的火儿小小的,可是不灭。

下一场雪总是好的。一下雪,人们就纷纷从自己热腾腾的小窝里钻出来,急匆匆奔向街头。相互问候的话也成了:"下雪了。""下雪了。"脸上带着笑。一场雪后,世间所有都泛着一点天空似的浅蓝色,像一张张日报,公开发行,坦白于天下。

说不清哪一天,天上忽然热闹起来,泉城广场,植物园,金象山,小清河两岸,小山包周围,黄河大堤……一切宽阔的地方,不论哪里的天空,都飞满了长着翅膀的"彩云",顺着风向,在蓝色的大幕布下"啊啊"齐唱。鸽子被一时间冒出的景象吓呆了,只会"扑棱"一声,从这边枝头到那边的屋顶,大得夸张的"鹞鹰""蝴蝶""画眉""蜈蚣"……都在天上飞着。

其实真正飞着的,是手里牵着长线的人呢——小孩子满头大汗,小孩子身边壮年的大人满头大汗;小孩子牵着长长的线跑,大人跟着小小的孩子跑,他们的身体和心都跟着那风筝飞上天去了,后来就不知飞到了哪里。平展展的大地也被他们迅疾的来来去去，踩成了弧形。

老人放风筝哪会这么毛躁，他们稳稳坐在小马扎上，掌握一股巨大的力量而不动声色，像是一尊佛。

这时候，离春天就不远了。

你知道得很少的济南

曲水亭街

曲水亭街南起西更道街,北到大明湖南门,北头有座不小的水池,名叫百花洲。从珍珠泉和王府池子流过来的泉水汇成河,曲曲折折,流到百花洲,然后入了大明湖。

一进街口,首先看到的,是这条河。有湖不算稀罕,在城市内部,有河的不多,有这么多条河穿城而过的,我们没怎么听说过。像它这样温文尔雅的河在北方简直就是独一无二的了。是它让济南一时恍惚,变身成了江南水乡。

它就是曲水,济南少不得的曲水。半个街道被曲水占着,街随水走,水伴街行,街是水的身体,水是街的灵魂。过去少不得它,如今就更是如此。

曲水是从宋词里逃出来的一条河,它美得应该吐口责备不写诗的人。

这条河到底有多好呢?据说一位从这里长大的姑娘嫁到西郊去,因为想念这条河而日夜不安。终于有一天,附近一家人由于孩子上学方便,提出来跟她换房,她毫不犹豫就答应了,从楼房换回与曲水比邻而居的矮平房,无关乎爱,只因为这条河;全关乎爱,只因为这条河。

河里水草很多,水底的草原似的,长长的,厚得可以用来编织了,水流不断涌过来,冲得它们翻卷不息,像在跳草裙舞。鲜艳的绿、清浅的绿,和碧绿的水波拥吻,撞击出美丽的声音,漫上来、漫上来,再渐渐消散,终至于无。

看着那水时间一样地流,就没有了心事,让自己随着它流淌,也让愉悦像飞出天边已经很远的云彩一样,静静漂浮。这个时候,没有什么比守着一条河流更重要的事了。

曲水流觞,将一只盛满酒的木杯子搁在河道里,顺水漂流,诗人们散在河道两岸,杯子漂到谁那里停下,谁就饮酒，作诗一首。其实，它不用这样的传说，就已经醉人了，它只用一些杨柳枝，在两岸摇摇摆摆，就已经醉人了——你再不会在任何一个城市见到这么多、这么美的垂柳！它们形制婉转，语调动听，在岸边，本身就是两句对仗工整、平仄和谐的诗句。

河边天天都有洗衣的男女，没断过。洗完了，会两人合作，一人一头儿，拧被单里的水。偶尔用棒槌，捶击的声音闷闷的，节奏缓，平静而安详。

阴凉下，老阿姨摆着茶水摊。这些年，喝茶的人换了一批又一批，也看不出她变得更老。几张木桌椅，十来只玻璃杯，上面盖片玻璃挡灰，里面茶叶翠色漾漾，音乐一样悠悠起，缓缓落，起伏不定。风吹过来，柳枝拍到脸上，痒痒的，捉也捉不住。旁边卖泥塑小玩具的大嫂，不管有没有顾客，她手里总在捏着圆圆的花篮、两头尖尖的船、眼睛深凹的猴子、精精神神的老虎……花花绿绿，都是叫人喜悦的色彩。也有一位老伯伯，倚着百花桥，支着锅子，里面的焦糖金黄放亮，草甸子上一圈儿的糖葫芦，红彤彤的。

那座小桥，用笨拙的石头造成，不知道历经了多少代，就是这么一座桥，横跨在曲水上。孩子从上面走过,老人从上面走过,恋人从上面走过,夫妻从上面走过,每个曲水亭街人都从上面走过。

有人在河边的老房子里出生,又在这里有了孙子。房顶补了又补,院子里弓腰驼背的石榴树也用木条撑了又撑,眼看挨不到花开照眼的小夏天了,也还没想过搬家,好像天下之大,只知道有这么巴掌大的一块地方可以住人。好像无论沧海桑田如何变化,这条河都能将一切轻轻放回原处。他(她)带不走这条河,就不想着美在别处。

还会有两岸的老街坊,将没铺地板砖的土地上一点点的浮土,从靠近河边扫起,一直扫到自家门口,小心用簸箕撮好,搁在门边,压上笤帚,再顺着石阶下到河里,用脸盆舀了,撩着,撒一地的水,地很快将水吃进去,凉意四散;接着,再舀一盆上来,浇花浇树,浇瓜棚豆架,叶子扑棱棱激灵长身的声音清晰可闻;第三盆哗啷啷兜头浇下,冲澡以后,带着一身赖唧唧的肥皂香,趿着拖鞋,摇着大蒲扇,搬了马扎,抱着膝盖,疏星朗月的,用地道的乡音对面坐了聊天。他们多年邻居成兄弟,早熟悉得不分你我,一根烟卷不用看,也能精准地丢到对面老友的手里。旁边,一锅的绿豆汤凉了,还没顾上喝,竹席上的孙子睡着了,要轻手轻脚地抱进去……脚下曲水,一切照旧——也清亮,也俗世,也偶尔彷徨。

顺利地喝水,吃东西,透过柳枝的剪影,看夕阳慢慢落下,月亮慢慢升起,大地静得只有风吹树叶,小鱼呛虫……这条街不为岁月惊扰,获得了一首诗最初的宁静。

对于从这里走出去、走到纽约巴黎新加坡的游子,这条河是他们美好记忆的源头,他们心里的"圣地"。不管在哪里,不管年纪多大,他们都觉得自己仍是属于曲水亭街的小孩。没准儿,跟那位嫁出去的姑娘一样,有人还会为了这条河,在彻底老去之前,折转回到这条街。

日月泉

山中下了几天的雨,我们去的那天还没有停。

雨势眼看着越来越盛,知道泉因此更加好看,寻泉的兴致越发浓起来。

车子左拐右拐,顺着云翠山的盘山道一溜儿上升,清风从山里向外吹着，雾团大朵大朵扑来，道路被弄得湿漉漉的，显出明净的柏油色、马牙和青石条色。

地面越来越远，雾气穿破，然后在身后重新聚拢，会觉得是行驶在云中，或者是一行五人，摆脱了外物束缚，直接驾云而走，像个飘浮的音符。远处有"矾头"披麻皴斧劈皴，有高木润笔涩笔，有山屋墨点子一样，甩在半腰……朝山坳下望去，一路所见的庄稼、山村，统统不见，眼见得雾下又生一块雾、雾上又生一块雾的，越来越浓，终至白茫茫，牵手成海，填满了一切虚空。山模仿了古人的画。

一山的柏树，挂了雨滴，绿莹莹、银闪闪的，在镜头里，闪得人眼眯起来。雨洗着山，唰唰声不绝于耳，黑云翻墨，大卷而厚重，而阶梯一道接一道，上千上万的，似乎永远也走不完了。

日月泉在山阴，背南面北，还需要进一个很黑的洞。这种位置不合常规，终年泛潮，不见日月——它自己做了日月。

日月泉的性格很像个不合时宜的人，从古代溜到这里——伯夷、叔齐，或"梅妻鹤子"的那一位，为躲避尘嚣，找了个小山，隐居了起来。

没有游客，没有香客。这才是了——"吾生世外"，又硬朗，又孤绝。

看其材质，边缘是新修的，盖板则为旧物，凹凸不平，而磨得光滑，惊人地质朴。整石凿刻成日月形，日泉周长完满，月泉弧弦圆润，相依相伴。

"出山泉水浊，在山泉水清"，灯光下，泉子清得发冷，照影凛凛，魂魄也惊出来了。其中，日池传说须男士专用，月池传说归女士专用。至今，周边仍有很多百姓常来取水，信之如宗教。

日月泉下，有道人居住的屋子，也是山石造成，低小简陋。透过月亮大的小窗，见一年轻道长，身材清瘦，穿玄色道袍，小圆口的黄色罗汉鞋，挽发髻，两绺长发耳边垂下，立在案前写字。那一幕美得惊人，如月光抵达门环。我不敢作声，屏住呼吸，甚至不敢拍照。道长身子很少移动，形同槁木，只有肘腕游移纸上。在他身后的石头上搭着一只香袋，不知是刚远游归来，还是将要离开。

雨声很大,我们撑伞,在窗外看他,站成了石头。可不管我们多么舍不得打扰他,还是忍不住打扰了。

雨很小了,蒙蒙的,像春雨。他将我们安置在树下的矮凳上,就掀起竹帘进屋倒水去了。小院幽清,打扫得一尘不染。远处苍松连云,在雨帘里闪着绿光。

"流泉古木,茶香如缕,更有玉兰花事,又被古寺钟催起"……以前书中读到的意境,此番实证了。不似人间。

"坐听松涛,看山月,当是何等意境。"接过他端来的水,我不禁感叹。

"看久了,也不过是寻常景色。"我们就这样开始了对话。

道长谈吐不俗,让我想到一些上古的人,中世纪的人——他们出口成诗。他们说的话都出自自性,而自性本身就诗一样美。

天井莲花般小,我们单纯地喝茶、赏绿,坐井说天阔。尔后告辞出门,回身,即见道长合十,挥手。他挑泉水用的缸和水桶，响成了个《雨打芭蕉》。

可惜，不能展开长谈。也许，此生仅此一遇。

走出还没多远，回头看山、泉、观与道长，已好似在世界的尽头了。心中不舍。不觉想起张岱的句子："雾凇沆砀，天与云、与山、与水，上下一白。湖上影子，惟长堤一痕、湖心亭一点、与余舟一芥、舟中人两三粒而已。"意境如一。

雨住了。转身离去，走得很远了，依旧大雾满天，回头望，见观中炊烟袅袅地升起，一派简素安稳，又像极王维的诗，及东山魁夷的黑白插图画了。等出云破月，我们走出画框，到山下，洗手吃饭，与主人呵呵欢笑，仍心不在焉，问十答一，方惊觉日月泉兰生幽谷、无人自芳的美，是在心上留下了痕迹的。

书院泉

这个世界总有另外一个样子，叫我们大吃一惊。

如果说日月泉给人的整体感觉是苦的、冷的，那么，书院泉就是甜的、暖的，而各有各的好，不可不看它们中的任何一个。

它像一个微笑。

细细的水脉是最好的向导,顺着它,一路走进村子,一路都古柳参天,沿岸覆泉水汇成的水流,越来越开阔,越明亮。水清澈见底,偶尔可见野生小鱼小虾,身体透明,线一样来去,做逍遥游。河边有凹凸的黑石板,由于常年的浸泡,多少有些变色,开始透明起来,像一件玉雕了。

河上有不少小桥,最好看的,是旧时村里磨面的石碌子,有的青,有的白,不知多少年了。它们被立起来,五个七个,不规则排列着,算个桥,下面是哗哗的流水。

书院泉养了一村生灵——非但人,庄稼、牲口、野生草木、飞鸟爬虫……也都是饮着这眼泉。它所浇灌结成的苹果,酸甜可口,摔在地上都不烂。用这么清的水烧饭、煮汤,都心满意足。

没有一样儿生物,舍得不饮这眼泉;没有一样儿生物,心里不藏着这眼泉。而人们煮酸梅汤、蒸艾籽糕,都用它，用它蒸煮出来，那些食物就都多出了一种敦敦实实的香气。

说起书院村的取泉水，又与其他有所不同——不必绕远去取，泉水自来：四十厘米左右宽窄，大约一个人身宽度的小渠，从源头最清洁处一一分出，曲折流经每家门口，即便是偏僻一点的地方也不漏掉。渠太四通八达了，地道战一样，将整个村子分割成一个个小小的"井"字，像一盘棋了。水被当成家禽，圈养在房前屋后。至今，村里人依然严格遵守着一则古训，像是一条村训，无人破例：每天八点前是取饮用水的时间，绝不许洗菜洗衣。

相传，明代建书院时，建筑也别具一格：厨房位于小渠旁，做好的饭菜放在木托盘上，自动漂到宾客房内，撤下的碗碟放在托盘上，由另一条小渠漂回厨房……多么精美迷人。这种家常风雅，叫人想起史上那著名的佳话——好像比曲水流觞更加风雅呢。书院村的人将日子过成了一首诗。

山气刚，川气柔，都好，在不同的时刻，喜欢不同的感受。这一刻，可真喜欢这些小渠啊，它们本身就是一个温柔的小国——国君是书院泉，它们乖顺地做着子民，按时劳动休息，安静欢悦。这脚踏实地的真实，叫人放心的清净，远比虚构更让人惊喜。捧一口饮，清凉，鲜洌。再垂下手，轻轻淌一淌时光的流转，生怕把自己的影子惊动了去。水光反上脸，一时间，觉得自己是躺在月光上，顺着弧度，卷起身子，跟随天象运行，随同那星海，摇摇又晃晃。

整个村子就是一大块绿玉，叫人摩挲赏玩，舍不得离开。如果有可能，好想在这里留下，做个村人，开垦明月，种上一百亩梅花，就用这小渠灌溉，一口气住上它两辈子。住在这里，一定像住在春天下午的阳光里，迷糊糊、热乎乎的。哎，巴掌大的小村子，着实舒坦，离开时，也真叫个难舍难分啊，简直觉得自己是在这里女扮男装读书整三载，同宿舍住着个"梁兄"，身后时常跟着个梳两个大抓髻的僮儿。十八相送时，我会不避嫌疑，不顾羞涩，忍不住告诉他：我是女的呀！是你的祝英台……你要去看我，我也会再来。

昨晚，诸事毕后，一个人在住处煮了玫瑰茶。手指轻抚碗沿一周，声音清脆，如宝剑出鞘。小小的花蕾是烘干后又小心收藏的，轻，几无重量，颜色是最正宗的那种玫瑰红，有点黯。水开了，等着冷下来。读十几页书，将温水注入白盖碗，第一遍倒掉，第二遍倒半盏水,平端着,去窗边,收一片月牙儿来,做银挑子,开启了玫瑰苞,一瓣一瓣,宽宽地舒展——花蕾开了,盛开了,羞涩地盖住了大半个碗口,摇香时,恍如东风一夜百花发;水慢慢像浅琥珀了,波澜不惊,吹一吹,有小涟漪,清香微甜沁出,热气漾漾的,使红更红、香更香,恒久不败,竟叫人不舍得喝下,只顾捧着看花、闻香、喜悦、出神,水汽润湿眼眉。一盏茶醉了一个大屋子。

书院泉就是那盏玫瑰茶吧。

灵岩探幽

看到"幽"字,就见了灵岩。

"幽",笔画曲折婉转,瞄上去就好看,《曹全碑》汉隶写出来,像古井里沉着宝葫芦;字典里则有"隐蔽,不公开""沉静而安详"的意思,组个词也是"幽深""幽静""幽美""幽梦"……总之,又美又静又暗,不张扬,谜一样神秘。正合了灵岩气质:一朵空谷幽兰。

单就字的结构组成来解——山坳里,藏有"思",

也已将灵岩活画出来。

不像花红柳绿那么简单，灵岩寺需要思悟着来观赏。因为灵岩寺的好是含蓄的、向内的，又远近高低各不同，正如新酿的甘冽，陈酿的醇厚，滋味不一，需要细细品咂。

灵岩寺的所在就是一大幽处——车在宽宽平平的马路上驶着，突然路就窄下去，还拐下去，再下去，直到最低处，山都浮上来，寺出现了。可是，它那么低调，叫人都怀疑是不是入口。然而直到迷进去，才发现里面掩着一个真实的世外桃源——一条细长通道，两侧都被树埋，先是塔松，再是黑松，跑向你，拥抱你，最后是一山的柏树，里面夹杂着800余株千岁古柏，在新雨后的阳光照耀下，闪闪发光，干净的清香，从树上新发的叶子及树下掉落的柏籽和柏籽萼上漫出来。山穿着树，树蹬着山，仿佛树动，山也动，像是画在哪儿，又像是挂在哪儿……你走哪条山路，都觉得通向天堂。

灵岩寺始建于东晋，重建于北魏，兴于唐，拓于宋，重修于明清，列"海内四大名刹"之首，现为"世界自然与文化遗产泰山的重要组成部分"。中国佛教史上的许多大事，它都亲历了。

既然灵岩寺自成佛国,一切就都与佛家有了扯不清的关系。"一线天"南山峰下有石,状如老僧,披袈裟,拄禅杖,讲经说法,即"朗公石"。据说东晋时高僧朗公讲到妙处,"猛兽归伏,乱石点头",皆因此山"石灵也"。寺名由此而来。

整个山都是这样的石头,一层层铺天盖地,随时要向下倒去的样子。地气从四面升起,茫茫无际的山峦托着万物,仿佛刚被一种力量带到此地,空中尚有耳语般的喘息。叫人感觉自己不仅闯入了一个空间,还闯入了一个时间。

石质的墓塔分布在寺西,167位从唐至明的高僧在这里圆寂。它们造型丰富,较之少林寺的砖塔更显仪轨庄严。仔细看,除了风刀霜剑的痕迹和众多手泽,它们还另有一层岁月的包浆。墓塔后,有石质基座上雕满佛教故事的辟支塔,唐造唐毁,北宋再造,八角九层十二檐,不知建筑师在科技尚不发达的千年之远是怎样测算设计的。

说到灵气,说到古老,绕不过去灵岩寺的树。栾树、柿树、淡竹、刺槐们争飙高音,树下又有蓬子菜、马齿苋、荠菜、茵陈,以及从山上挖来栽种在寺院边边角角的迎春、连翘等,齐作和声……眼看着所有深深浅浅的颜色扑棱棱展翅欲飞,真怀疑是那些石头长出了树,也长出了鸟群和云彩。

进寺门,又见一些奇特的大树,棵棵都像身体里住着神仙——菩提是佛家圣树,在北方不易成活,便以神似菩提的银杏代之。院子里有座宣德炉,周围尽是合抱粗的银杏,大都越千年,苍遒如狂草。想着秋来叶满地时,如苏曼殊诗中所述"落花深一尺,不用带蒲团",该越发诗意吧。

银杏之外,另一种青檀树也记录着同样久远的故事。门楣上的石缝中,山体一侧的岩石上,多有青檀,受山石滑坡、墙倒挤压而不死,一律皮剥肉绽,如荆条鞭身,透着倔强。它们的根钻出地面后青筋暴起,盘绕成一团,几米开外,仍见"龙头""凤尾"。可以说,灵岩寺历史最翔实的资料,就是"龙树""凤树"这些师出有名的古树了。它们是千年来灵岩寺一直活着的灵魂。

野树或仙树,或怡然、呐喊,或快乐、忧伤,皆为人心倒影,是"我"与"我"互不交会的刹那。偷闲与古木们相守半日,也算禅修的一种吧。

寺前右侧有三泉，即白鹤泉、双鹤泉和卓锡泉，离得极近，所谓"五步三泉"。那叫作袈裟、飞泉、檀抱泉的，在方圆几里地内，说不定什么时候就跳出来，成池成瀑，带着这座山数不清、禅意颇深的传说，流布四方。

灵岩彩塑，当是灵岩寺诗眼里的诗眼了。山再灵，水再秀，山水何处不相似？灵岩寺却只有一个——因为世代独一无二的"海内第一名塑"。

在这里，删繁就简，正该水落石出，大美浮现。以彩塑为核心的千佛殿，与古树、墓塔、辟支塔一起，织成了强大的气场，比东部上山白云洞、积翠岩那些景点的路径更迷人一些。

1981年，文物部门维修罗汉像时，在西第十七尊罗汉像胸腔内壁，发现一块小木板，墨书题记："盖忠立。齐州临邑，治平三年六月。"治平三年为1066年，正值北宋开始由盛转衰。那一年，苏洵去世，大苏小苏大哭奔丧，而司马光一写就是19年的《资治通鉴》，才刚刚开笔……

治平三年，苏轼30岁，八年后来诸城任密州太守。

治平三年，苏辙 28 岁，七年后来济南任齐州掌书记。

治平三年，曾巩 48 岁，六年后来济南任齐州太守。

治平三年，王安石 46 岁，次年入阁执政，酝酿新法。

治平三年，黄庭坚 22 岁，次年中进士入仕。

治平三年，李格非 19 岁，十年后中进士入仕。

治平三年，秦观 18 岁，十九年后中进士入仕。

治平三年，赵明诚 -15 岁，十五年后出生。

治平三年，李清照 -18 岁，十八年后出生。

……

思至此，无数与济南有关无关的政坛、文坛巨子，裹挟着整个大宋，当即活转，在眼前行动坐卧，与彩塑重叠融合，叫人不禁大叹光阴了。

在中国古代的文化序列中，对雕塑家从来轻视，很多时期不准对作品进行标记，致使雕塑家只能以下层工匠的面目出现，沦为无名氏，并牺牲了自己的个性、情感和审美观，去遵命做一些面目雷同的程式化制造。在这个意义上，灵岩彩塑是一次革命，而这位心有不甘的雕塑家，冒着杀头之罪，留下自己的姓名和家乡，也算得上惊人之举了。足可想象，那位名叫盖忠的前辈，他怎样立架、和泥、制胎、施彩……日夜不休，又是在怎样酣畅淋漓、梦呓般的创作之后，用满是黄泥和伤痕的双手，劈木成纸，按捺住创造的幸福、忤逆的恐惧等复杂心情，平实记录下一行史册拒载的文字。

罗汉像身上的袈裟色彩鲜艳，虽历千年而不褪色。即便现在的文物专家，都不能在个别剥落处重新绘制。你看，不过这么一个小技术，个中玄机也只有天知道了。

彩塑的珍贵在"幽"，在"古"，更在"真"——没有修旧如旧，更没有毁掉重建。40多年前，"天兵天将""横扫一切牛鬼蛇神"，连泰山正面塑像一概毁坏——能砸的都砸了，砸不动的铜佛拖到碧霞元君祠，横倒竖歪，惨状万千。进到后山千佛殿中，却没动泥塑——罗汉自保加天助人佑，才躲过一场几乎不可能躲过的大劫，才有今天所见的原汁原味。何其幸哉！

我看着，心里非常害怕——要毁坏是多么容易啊，几分钟就能办到，譬如说砸；几年也可以办到，譬如说用亮堂堂的大灯使劲照着它们，加上随着旅游大开发的人流到来的污浊空气，骤然上升的温度、湿度……上千年、上万年的存在，在一心想毁掉这些的人面前，是做不得数的。

留着它，至少在这一代人、在我们活着的日子里能保证看见它们而不至于伤心，伤心到有人因此死去，痛苦得像死去以后再死一次，像很久以前的那个梁思成、那个林徽因，好不好？

唉，它像一个大秘密——说起来不过一把泥巴，不能磕不能碰，可各朝各代，历经地震山洪、火灾战乱、虫蛀蚁蚀、无数次的大殿修补，及历代常有的灭佛运动，甚至粗心搬动时转角处的偶然跌跤，却依然完好。那让它神奇保全的，是怎样的一种力量？在哪儿？如何获取？

……

这些叫人思想起来就心生敬畏,口不能言。

真该让这奇异的保全继续,让它永不休止。

来看那些佛陀的得道弟子们吧——只见丰腴者轩昂,朗朗诵读,清瘦者愁苦,锁骨毕现,而怒者立目,痛者垂涕,智者低眉,思者仰额,骄者激辩,谦者恭听……"人活一口气,佛争一炷香",他们根本就没想"争一炷香"的事,却比走动着的观者还多活出了一口气,鲜活无比。

老幼贫富差距巨大的40尊罗汉,恨不得有400种表情,脸上分开春夏秋冬——悲喜哀乐忧恐惊一时全至,有了情。正是人间万象。

慈悲即有情。圣者当前,突然感动,不由人积压已久的困惑开释,心如天地空阔,燥气戾气褪去,妄想再不生起,一时忘乎所以——"我"不见了。似乎触到了维系呼吸最本质的东西,又似乎并未了然。

罗汉望向人世的样子,就好像一树树照在高处的玉兰花,明亮灿然。看着看着,竟恍若惊梦。

对于灵岩寺，我们想要的只是远远地望着它罢了，同我们的祖先一样望着它。这已经足够了，为什么要向它要什么呢？

这世界无非两种人：一种是惠天下，一种是毁天下，如佛魔有别。历史也是，一段时期惠天下，一段时间又毁，所谓兴衰无常。交叉的情况不多。想来浮生一梦，大醉亦是大醒时。觉悟的时刻便是婆娑深海、一朝到岸了：减贪欲，添智慧，爱人如己，向美向善，心下和平安稳，继而勇猛精进，以惠天下。这也是佛家修习的终极目的吧。

灵岩寺就在这里，以四时为器，满藏了宝物，1600年来沉默不语，等你来，一期一会。

桃花记

清晨,我们自都市的雾霾中出发,好像奔赴一场婚礼。

谈笑中,路边桃花渐渐出现,空气越来越清,心情越来越柔,语气都似乎越来越芬芳了。我们急急赶路,奔赴"家族"里极尽盛大的一场"婚礼"。

桃花是诗人家族美丽的女儿啊。唐寅的《桃花庵歌》行楷册页里,梦里也记得那些神仙似的句子:

桃花坞里桃花庵,桃花庵下桃花仙。桃花仙人种桃树,又摘桃花换酒钱。酒醒只在花前坐,酒醉还来花下眠。半醉半醒日复日,花落花开年复年。但愿老死花酒间,不愿鞠躬车马前。车尘马足富者事,酒盏花枝隐士缘。若将显者比隐士,一在平地一在天。若将花酒比车马,彼何碌碌我何闲。别人笑我太疯癫,我笑他人看不穿。不见五陵豪杰墓，无花无酒锄作田。

诗人躲进一片桃花，变成了铺天盖地的美好传说。

不要说古往今来为之吟咏的人上百上千，戏里唱《桃花扇》，散文中更有《桃花源记》为桃花立了正传，灼灼其华，照亮一部文学史。好花因好诗而流芳，好诗因好花而千古。桃花就这样，带着她一车一车、珠玉宝贝的"嫁妆"，嫁给了肥城这片好土地。

然而，桃花又不像她的外貌，并非不食人间烟火，她上得厅堂下得厨房，高标之外，还能贤惠，俯下身子，走下画卷，一回回地来做"田螺姑娘"——她的枝叶果根都能入药，可治疗一些形而下的疾病，如疥疮、头癣、疟疾、腹痛、水肿，也可美容。现存最早的药学专著《神农本草经》里说，桃花具备"令人好颜色"的功效。

就这样，让人难堪、不好意思和疼痛的，她都好言安慰，轻轻抚摸，让人愉快，让人感觉身外诸般美好的，她都一股脑儿端给你，不带一点矜持。真应该向桃花学习蓬勃，学习美，学习达观和善良。

不见桃花城，就像《红楼梦》中林妹妹的出场，对贾宝玉来说，是久闻其名而未见其人，见了桃花城，才知道陌生掺着熟悉的那种感觉——看诗歌里是桃花，诗歌外是桃花；城里是桃花，城外是桃花；眼里是桃花，心里是桃花；山岭上是桃花，山脚下是桃花，山腰里还是桃花，看花人隔着几步，相互就全然不见，说话的声音也缥缈起来……真的如画卷不留白，像恋爱不让人喘息，分分秒秒都想着融入其中，与桃花共醉共缠绵，直到将心丢失在里面，忘了来处，也不想醒来。

桃花长在温带，天性温柔，面色绯红，半羞还半喜，正符合爱情的味道。因此，有一些端庄的词语，"桃花粉""桃花妆"，也有一些妖娆的词语，"桃花运""桃花眼"——你看，善写爱情的韦庄一提与旧情人相见，仅说了两句"依旧桃花面，频低柳叶眉"，整首诗就端庄、妖娆起来，就像那个武侠小说里的桃花岛主，方正之外，添了谐趣。

肥城侧倚泰山，面朝梁山，再给女性气质的桃花添了几笔雄奇，雌雄同体了。如你所知，人间好物大都是雌雄同体的，如此才淡妆浓抹总相宜。所以，桃花城的气象里，既带有一丝丝甜美，也兼喷薄而发的动势，如流淌的大河，澎湃有声，桃汛滔滔。

城中的桃花是这条"桃花河"的上游,沉默不言,处处出现,又处处小写意,多有克制,并不遍地横流;也像初恋,东一句西一句、欲扬先抑、欲说还休地说着闲话,但每天都说,每时每刻都想着;城外的也还如同"桃花河"支流汇入,在车上看过去,一片红云飘过,又见一片涌来;还似恋爱的顺利进行,慢慢地了解了她的好,她的乖和不乖,暗暗盼着有进一步的亲昵,快要忍耐不住;而一旦进入城郊十万亩的桃花园,则完全是"桃花海"了——没什么支流,没什么忍耐,只剩下惊涛拍岸卷起千堆雪,以及全情的拥抱!

是那么美——那么丰美,竟需要有农妇攀上树去,摘下多余的花朵,谓之"疏花"。摘下的花朵装在袋里,香香的,在路边以很低的价格被售卖,冲水喝,或晒干填桃花枕,或者干脆洒在鱼池里,看小鱼唼喋,为了一片花追逐打闹吵嚷嚷,都很有意思。不像多情的林妹妹,那么凄苦那么傻,一根筋地作了长长的桃花诗,再哭哭啼啼,将落花像装身体和爱情双重的疼痛一样,装在袋中埋起来。一直笑眯眯的农妇们,穿梭于桃林中,劳动不停,像开在里面,也像枝头的花朵,又精神抖擞,又不管人间变幻,满脸的光。

是那么美——那么柔美,似用涮过的毛笔,抹上,晕开,在纸上来了又去——来是马蹄清脆地来,去是黄鹤杳渺地去。在近处，逆光看上去，花瓣几近透明，暖暖的，一朵是一朵，有各自不同的质感与独特的表述，却一律婴儿的眸子般清澈，连叶子也不必来遮挡，与条条看花甬路上的100个"福"字相映成趣，叫人恨不得长出100双眼睛，一朵一朵分头去细细品赏。远远地瞄，像看到了一大片梦，迷迷离离，水汪汪的，混沌蒸腾，关山飞渡，盛开的细粉，打苞的深绛，半开的嫣紫，全心全意，众志成城，合成一场《欢乐颂》的大合唱，有时锋利高亢，有时钝重低沉，此起彼伏，首尾相衔，一些花朵来势汹汹却不夹攻击性，另一些婉转曲折、余音绕梁而久久不去。碧桃粉白，花桃浅绿，垂枝碧桃则深红、洒金、淡红、纯白地乱开……层层覆盖，简直是上天裁给这座城市独有的裙裾。

　　大地上有很多美好的事物，且不可动摇，是因为人与人、人与其他生命之间，存在相似的、优雅的精神准则。我们天生喜欢花朵，是因为大自然美的教育，而诗歌永不消亡，是因为总有赞美、慈悲、热爱、安详等字眼的照亮。我们需要她们，由此明白，是什么在真正生出力量。

　　花树下，人人都成了诗人，在无始无终的光芒里，畅饮喜酒，桃水流觞，为天下最美的花事献上诚挚的祝福。

看黄河

某一年的腊月二十九,我们开车心急火燎地回家过年。雪下得蛮大,风也呼啸。我们摇上窗子,打开暖气,还觉得寒气直逼进玻璃。

刚出城区,便到了黄河大桥边,车子开始慢行。远远地望过去吓了我一大跳:只见桥的两边几乎停满了车,吉普车、面包车、小轿车、大卡车……一字儿排开,车上可没有一个人,连褡裤里的孩子也给抱了出来,都在那儿冻得瑟瑟地——看黄河呢!

说起来惭愧,别看济南就在黄河边,还真的没有专门来看过黄河,最多是经过时看看水涨了还是落了,也就那么一说,一分钟过去后还是该睡的睡,有时干脆就是过黄河也该睡的睡。可是这次不同,受感染的我们,也将车塞进一个小空当,下来看黄河——看看这些人看黄河的什么。

只听这些早忘记自己的家在哪个方向的、可爱的人们，在我们左右，操着东南西北腔，脸庞红艳，额头放光，兴奋地大叫大嚷，有的忍不住指指点点——都有点顿足捶胸的意思了。带孩子的，就一个劲儿地大声讲解；带老婆的，就紧紧拥抱；老一点的，竟起了颤抖……激动啊，所有的人瞬间齐齐被同一把"枪"击中，像一介赤子，一个完全不谙世事、只知道投向妈妈怀抱、寻求安然甜睡的孩童，漫天飞舞的大雪和满世界撒野的北风，都不能阻止哪怕一点他们的激情。他们站成一畦畦玉米和高粱，斜斜地、有点杂乱地群塑在那里——长在那里，以一条河为中心，沉醉在直扑面门、波浪夹带的泥土之香中——这条河在大地的中央，向四周铺开了它的磁场，最高端的云朵和最低处的石粒，也张大眼睛，对她深情遥望。

他们一定和我一样，并不是专程来看她，或许就在前一刻，也一样因为疲惫而昏昏欲睡，向南或向北，心急车慢地奔驰。一方方车窗如同一方方小小的手帕，以阳光闪动之势，在彼此超车或交错而过的当儿，就已经在挥舞着"再见"两个字——作为互不相识的人们，他们被关在各自巨大而拥挤的城市里已经一年或者更久，如今在时间上无始无终、空间上无限广阔的天空下，有了片刻的相遇，闪现，消失，注定永不再逢。生命的匆促和命运的强大都在这一极短的相遇中了。可是，为什么呢？这种命定，在一条河面前，被清脆地打破。他们共同的爱情、眷恋、悲伤和欢喜，同时如鲜血迸发，遮天蔽地。

而她，黄河，这个土里刨食养活一大群孩子、一双大手大脚怎么洗都洗不干净的农妇，经过迷雾、雪山、森林、谷子地、山冈、坟场、麦田、荷塘、暴雨……而来，经过钻木取的火、山火、野火、塘火、营火、灯火、磷火、战火……而来，经过沉重、粗糙、神秘、深邃、简洁、率直、理想、勇气、悲悯……而来，踉踉跄跄，跌跌撞撞，不顾一切、舍弃一切地奔跑而来，疲惫且奔放……也许黄河景色究竟如何在此刻并不重要，黄河几千年来大浪淘沙沉淀下来、金子一样厚重的历史渊源和歌唱一样的浪漫思索，才真正是观河的灵魂所在。

说实话，那种震撼，是一个人一辈子见不到几回的。到这里，你才能知晓"中华儿女"四个简单汉字里藏下的深情。不到她的身边，谁也不会想到，一条河对于自己如此重要。她一直埋伏在自己的潜意识里，毫无觉察，可早晚有一天——比如这一天——她喷薄而出！

是的，那些来自海南或西藏，黑龙江或新疆的人呵，他们一定打小就从教科书上看到过黄河的图画，跟着老师齐齐地朗读有关黄河的诗篇；一定在听到那首叫作《黄河》的大合唱或者那支叫作《黄河》的钢琴协奏曲时，就恨不得扑到它的大浪里去；一定在国家庆祝生日或者遭遇灾难时，不由得想起这条名叫"黄河"的大河，或者干脆没什么缘由，在梦里巨浪排空过无数次这条形而上的大河……黄河在所有中国人的心的辞典里，有个至高无上的称呼——"母亲河"。黄河是中国人共同的血脉，它浑浑浊浊地一往无前。

是的，像母亲一样，沧桑，慈祥，无论多少年，都从心上流过，永无止息——这样的人或河，只有一个。她美丽得叫人心折，温煦得叫人心疼，也苍老得叫人心惊，辛苦得叫人心伤。如我们所知，黄河有的部分已经断流，像疾病缠身，慢慢死去，而永远不肯死去的，是那一颗母亲的心。

也许济南这块地域，在以往几千年的岁月里，经历了太多的变迁，身上印满了挣扎的疤痕和屈辱的血污，但是没有关系，母亲就在身边——济南是黄河她老人家膝下最忠厚耐苦、好脾气、不远游、亲力侍奉的老大。

如今观黄河，在这里有着得天独厚的优势：位于黄河右岸河段，河道弯曲狭窄，丰水期水流湍急，遍布大树的堤防,称百里黄河风景区。人多时,长堤上观河人潮竟达万人之众。中心景区内有"二安"词意浮雕、翠竹园、银杏园、鹊山、华山、泺上台……它们满载着自己独有的话语,一个也不少地排在那里,似乎是黄河一夜之间生出来的——既不高蹈,也不市井,像里面摄有奥黛丽·赫本镜头的黑白默片,虽然年代久远,但比任何一个当代的"小明星",都更值得为之倾倒。

想来长堤逶迤,悬河其上,山色空蒙,湖光映射,该是怎样一幅图景——是的,所有的一切都很美很棒,而其间最华丽的风景,是那条河流——当然是那条河流。母亲她是那样老,然而那样芳华绝代。哪怕给她一片鱼尾纹样的河滩,她还是美得令月亮沮丧、令星星睁大眼睛。

唉,说的就是如此这般的魔力:虽然我们素日仿佛站在坑里,为了口吃的,猪狗般忙碌,有时欢喜,有时哀愁,太得意忘形或太焦头烂额时,都把她忘了,像忘了暌别已久的故乡,像丢失了自己房间的钥匙——或者干脆在生命太平庸、日子太平静时,在那些绝大部分的时间中,都把她忘了。可是这一刻,甚至不用看,站在那里,闭上眼睛,听一声她粗声大嗓的呼唤,你就泪流满面。

仁厚的山东

这是一个仁厚的地方。

它的品行有点像泥土。所谓春叶夏花秋实冬藏,年年轮回。还有比泥土更守信的吗?憨厚,实诚,一直站在原地等,等春风夏雨,等秋雨淋漓,等漫天大雪……不发一声。

它毫不尖锐——尖锐的事物在它面前不起作用:比如暴力,比如时间。它销蚀一切,甚至销蚀了时间;它安详乃至慈祥,照看一切;它了无心机,还不重利轻义,常常舍生取义,仁厚得有时无道理可讲。

千姿百态的山河,支撑一个民族几千年虽不断更新却总体不变的人情、品德、文化、气质等特征,投影于水土的背后,而水土是种很神奇的东西,一块土地和另一块土地,不过黑黄有异,一样长粟长菽,看起来大致相似。然而，千秋万代下来，不同水土滋养的子孙，非但口音风俗千差万别，总体性格上也有了鲜明的区分。

它身处平原，却有山相傍——这里有泰山。它身处北方，却有水相依——这里有黄河。泰山再南一点，是孔子故里。要想知道儒家文化对山东人影响有多深，把它乘以二，就是了。

儒家尚大义。国家处于危难之际，山东人总是站在救国救民的最前沿。见惯了浩浩荡荡的大平原，谁还会和邻居去争三尺五尺的小巷子？对外来客，他们总摆脱不了"有客自远方来"的热情和不设防。

太平日久，人物安宁，山东人的性格和这个地方的水土一样，宽宏大度，老实厚道，襟怀坦荡，积极进取，一诺千金，见义勇为，关怀他者，不喜欢欠人情，只琢磨事不琢磨人；讷言，固执，爱面子，认死理，不太注重生活细节……在得意的时候，不狗眼看人低；在疲惫的时候，仍信任普通而美好的事物；不太会锦上添花，却常常冬夜里送一床棉被——这么说吧，看见你有困难，他们会如同自己有困难。

当然，他们不是不知道，即使自己是诚实的，外人依然可能会欺骗自己,然而不管怎样,他们还是诚实下去,信任自己的心,不会对自己的心做丝毫的妥协。

这样的性格,实际上是"仁义礼智信"滋养出来的做人态度,一种主流文化的缩影。他们生来就相信:每一个人,都深藏着对爱和信任最深的需求,而这世间生命与生命的相遇,是人生最宝贵的奇迹。

在生下这样一群人的地方里生活,你会觉得踏实、安全和温暖。

是的,他们是有些"一根筋",并不太懂得在利益和利益之间、人和人之间的关系上做些对自己有益的变通,也有些"坐井观天"——坐在儒家这个"井"里,以天下为己任,恪守一些没有谁要求、自己却必须恪守的大言:"三军可夺帅也,匹夫不可夺志也","富贵不能淫,贫贱不能移,威武不能屈","为天地立心,为生民立命,为往圣继绝学,为万世开太平"……因为仁厚,他们不理会一些不理解、嘲笑,甚至污蔑,也不做辩驳,不反唇相讥,只心里知道:那些,其实不过是做人最基本、最朴素的一点底线。

20 岁的山东小伙小心翼翼地抱着一个从洪水中救出

的婴儿，他自己也还是个孩子，脸上的稚气未脱……

"安住了，心里时刻保持一个笃定，调动内在所有的气息，抗拒无所不在的外力的作用与诱惑，呼唤灵魂深处最柔软的力量。"

山东人是一群没有多少贪欲的人。这里的人有话直说，不玩心眼，看脸就能看到心——他们完全不想那么多，你也不需要想那么多。他们不太懂得消费和娱乐，不太喜欢开香槟，可是，内心丰富而宁静，拥有最多的幸福——而所谓苦海无边，其实是指人的欲望，那是苦难的根源所在。

如同诗境大小可以看出诗人灵魂的高低一样，山东人因为贪欲少而多了高贵。他们一直倡导，并行动着这样的生活：简单，质朴，节制，自足，温暖，明亮，慈悲和爱。

他们拥有一个共同的名字，叫"纯真年代"。

山东人的仁厚表现在，是真的把别人的事当成自己的事一样上心，是真的从别人的角度去思考问题。看到别人遇到困难，第一时间想的永远是：怎么办啊？得给他帮帮忙，要不他怎么过啊？

2020年9月6日晚8点30分，山东省血液中心爱心献血屋内外，人们排起了长长的队伍——他们是前来献血的爱心人士。原来，淄博一名7岁男童因误食毒蘑菇出现中毒症状，在山东省立医院重症监护室抢救了9天，医护人员连续加班，已不知多少个小时。而AB型血浆较为罕见，库存严重不足，仅能再支撑孩子3天的用量。医生讲，由于心肝肾等各项功能衰竭，孩子腹腔大量出血，必须继续以大量的血液去冲刷毒素，才能将体内的毒素排掉。于是，很多人连夜组团，驱车从四处赶来。为孩子生命而奔走的不仅仅是爱心人士与工作人员，济南交警在市区内护航，从一进入济南市区到山师东路献血站，一共28公里的路程，仅用了13分钟。不到两天时间，已有989人为孩子献血，合计捐献血液15.2万毫升，AB型血液库存已达到高预警线，足可保障AB型血全市临床用血需要。由于红细胞保存期最长为35天，血液中心就像当初紧急发出募血号令一样，又不得不发出紧急停止募血的号令：请AB型血爱心人士暂缓两周献血。

满城热血，遍地真心。无数网友为此泪目，点赞心怀大爱的山东人，点赞山东，点赞中国力量。

一旦将最重的活计压在山东人肩上,他们会豁出钱财豁出命,无论付出什么样的代价,都要对得起那份信任和光荣。这里面,有着泰山一样深厚赤诚的情义。让我们再次确认:世间最美的事物,从不会在一些人心中消失。

不说以前的战争年代,多少实例大爱惊天下,就看当今,将汶川地震中受灾最重的北川援建任务交给他们这件事,山东人完成得又有多漂亮!2008年5月12日,地震发生,两个月后,援建的6000套板房就已交付使用。2011年5月12日,央视一套播放的纪录片中,有如是评价:"山东人将一个崭新的北川交到了四川的手里。"援建人员连年都是在工地过的——大年三十晚上,朝老家方向鞠个躬,回转身来继续干活……就是这样,三年的援建任务,这帮汉子硬是只用了一年四个月即圆满完成。

汶川大地震时,一天,在电视中,看到一片瓦砾里,卧着一只小鞋子,新新的,红色的,旁边是被埋了一半的小书包。那一刻,隐约听到,是谁,在哪个窗口号啕大哭?是谁,想起了自己的孩子,也有这样的小鞋子?一个人的不幸,因着共情,不只是一个人在领受,那痛感,牵一身连绵不绝,悲伤了全世界。

一个地方就像一个人,在血脉的传承中延续着生命的成长。

山东因着深切的共情,每次国有召,必豁出命去拯救或保卫,不计报酬,无论生死——

2021年7月,河南水灾,热情的新乡人民在路边欢迎从山东来驰援抗洪的兵哥哥。"早到一秒,就能多救一人!"消防官兵每个人心里只想着这一句话。秉持同样的信念,山东人民第一时间捐赠编织布和皮划艇,驾驶员不吃不喝一刻不停,运送到新乡;德州的生产厂家连夜加班生产扒鸡,再连夜送到河南;菏泽的面馆小老板拉上满满一车方便面,留纸条在门板上,告诉顾客:"我去河南抗洪!关门一天!等我回来!"20岁的小伙子从水中救起一岁多的幼儿,抱得小心翼翼战战兢兢;老奶奶被背出,累得站不住,又是稚气未脱的山东小伙子单膝跪地,用自己的腿给奶奶当板凳休息……而央视报道洪水涨落情况,突然看到当地人民和记者旁边,一提一提的矿泉水上,小字印着的,又是"山东捐赠"。镜头一闪而过,是默默无语的支持。

人生原本是租来的,无论长短,都有代价,迟早要归还,当然要用最好的方式、最充分地度过。人的一生,所需的东西,真的非常少,要做的,也无须那么多——所有外需的得到和攀比,也就是所谓的"增加",都是一种被操控的累积,内质是一种更大的失去和彻底的不自由,而"减少",才更难,才是真正的自由之路。

因此,我只做三两件自己觉得重要的事情。比如,像接下一个重大课题一样,把时间交给脚,走上了探索可爱的山东人的路程,走进人的心灵世界,是一场多么美妙的旅行!生活在山东许多年,我越来越深地感觉到,这个地方从管理者到普通市民的善良和包容。我越来越关心与我有过频繁往来的心灵,其间,无数岁月掩盖下的一个简单事实,一次又一次地打动我——他们平凡,或是有一定地位,不一而足,可是他们有个共同点,那就是仁厚。

这种品性潜藏在他们每一个动作、每一个眼神,甚至每一声对陌生人的称呼里。严格意义上说,在当今的全球大环境下,每个地方都是移民地区,而对待外来人口的态度,常常能真正体现一个地区的文明程度——他们从不排外,从不给所谓外地人这个群体取难听的外号,更不要说轻视和欺负。就算不是各地争抢的高端人才,即便从事艰苦职业的朋友,古道热肠的他们也会予以善待,奉上真诚的笑容。与他们在一起无论能不能受益,总能令人安心,在完全放松的状态下,不经意就会接收到善意的信息。那种对生命的尊重与同情,如同黑暗处开放的花朵，总能令人心折。

他们把这叫作人性，说这是人与生俱来的禀性，是生命体与生命体最好、最结实的联结。

人是风景的灵魂。山东因为有这样的子孙，代代传承，才让那些山河湖海美好之上增了美好，魅力之上添了神采。山东人对所在地域的认同感、归属感、安定感、满足感，以及外界人群的向往度、赞誉度……随着时光的流逝，非但半分无减，还在与日俱增。

当这种底蕴和风骨潜移默化成为一种属于某个地区的思维习惯，成为一个地域内的核心价值观、信念、符号、处事方式等，也便成就了它的精神。

"德不孤，必有邻。"一代代山东人（包括家乡在外地、人在山东的新山东人）以天地为纸，书写着人间大美——诗眼是他们的心最明亮的那部分。他们将山东故事、中国故事写成了一条温暖而澎湃的诗河，来自古远，奔向未来。他们将永不停笔。

第四辑

家 书

我们永远在一起

噼里啪啦的鞭炮声已经渐行渐近,店铺里串串喜庆的大红灯笼也都挂了出来。妈妈您离开我们已经1年零18天了……

大年夜:逃离

妈妈,您能原谅我的懦弱吗?因为我……我要去外边过年,到那温暖的南方,妈妈怀抱一样的南方去。正如2005年,我也是这样,坚持没有和您一起过我们能在一起过的最后一个年。妈妈,那年的大年夜,您一定为了让大家开心,在剧烈的咳嗽声里,挣扎着看中央台的春节联欢晚会吧。妈妈,我不敢看晚会,正如您去后,我不敢看排球、乒乓球比赛,不敢看有关奥运会的任何消息,因为您那么盼望能看上北京冬奥会;不敢看新的电视剧,因为妈妈您看不到了;不敢看旧的电视剧,因为妈妈那是您看过的,每个镜头都经过了您的眼睛……

妈妈，我要逃，我要逃，我要逃离北方喧闹的年，以及那样深邃、夜一样黑的、大水般的忧伤……小妹泪汪汪地问："那我怎么办？姐姐？"妈妈，我顾不上她了，我要逃……

妈妈，随同我逃走，去那陌生的地方，去开心地玩耍。妈妈，我们一起做个游戏，顽皮地逃离他们——爸爸，哥哥，小妹……那些傻瓜一样悲伤的家伙。哈哈，妈妈，咱们欢天喜地地过大年！……

这个冬天：满大街都是孔雀蓝的羽绒服

妈妈，您那件孔雀蓝的羽绒服多好看呀，往年的冬天，您不一直最喜欢穿它吗？可是，妈妈，这个冬天，怎么满大街都是孔雀蓝羽绒服呢？真的，在所有的地方：小巷里弄，学校门前，广场上，站牌下，超市，菜场……在人群里，我总是一眼便能把那件衣服挑出来，就像一眼便能在字迹密密麻麻的纸上把我要找的一个词挑出来……并且，很想去亲亲那个穿着者的脸颊。贪婪的眼光可以把那人送出很远很远……

妈妈，您看我反应那么迅速，一定会像往常一样，笑着说："别看七个月就出生了，不光不傻，还挺聪明呢。"

就像突然发现满大街都是孔雀蓝羽绒服一样，我也突然发现报刊上，关于不足月婴儿的报道那么多：有的痴傻，有的肢体残疾，有的孱弱不堪，有的被父母遗弃了……当年所有人都建议把"一摊牛粪"的我丢掉，您坚决不肯，冲了麦乳精，用汤匙的小头，喂养当时只有1公斤、不会吃奶、不会哭的我，如今的我，成长得什么零件也不缺……妈妈，我从来没有因此而专门感谢过您艰辛的养育——本来以为岁月静好，日子辽阔，就那么长长远远乃至永永远远地过下去了……在这里，新年来临之际，轻轻地说一句：妈妈，谢谢了。

小妹教孩子说的第一个词是：姥姥

妈妈，您最放心不下的牛牛很乖，考试成绩昨天出来了，是优秀。穿得也还是您做的棉袄，很暖和，您放心。您往年给他的簇新的压岁钱，他都精心地收入一个皮夹子，放在自己书橱最深的一个抽屉里，大声宣布："没有我的允许，谁也不许动！"我问他："除了爸爸、妈妈，还有谁一样爱你？"牛牛毫不犹豫地回答："姥姥、姥爷、小姨、舅妈……"妈妈，您看，在他小小的心里，您须臾不曾远离，永远不会远离……

母亲照看着小外孙,笑容满面

天天开始学说话了。小妹一遍遍地教他:"姥姥""姥姥""姥姥"……天天会叫姥姥了。您听听,好听吗?

妹夫的第一个手机号码是 20 多年前的，世事变幻，在外面已经没有一个人知道这个号码，彻底无用了。可小妹坚持不肯取消。妹夫先是愣了一下，马上喃喃："哦，好的好的，家庭电话，家庭电话……"——那是妈妈知道的唯一一个手机号了。

爸爸那次说只要您能回来，活一分钟，"我现在就死！"爸爸当时满眼泪水。这是那个年轻时候用他的名字领一回感冒药都会觉得晦气而发脾气的爸爸啊。看见影像出现就可以，不用说话就可以。

苦与甜：那些相互矛盾的梦

今天早上，又梦到了您：您和我都一副各怀心事的样子——您在择菜，装着轻松随意，装着没死；我呢，拿一个煮鸡蛋吃着。您站着，我坐着——我装着不在乎"妈妈怎么又回来了"的诧异和惊喜，装着一切如故，也有点委屈和撒娇——您看，您不在，我就这么委屈，吃自己最不爱吃的。

上次梦到我在咱家的楼上，从玻璃窗里望着楼下的您。您在马路牙子上坐着，我在四楼窗边站着，就那么看着您的背影。心里完全透亮您在怎么想——"妈妈在发愁，怎么将自己得病的消息告诉我们"，而我，发愁怎么将您病的事瞒住，不告诉您。您怕伤害亲人，我怕伤害妈妈。

那一次，梦到您完好如常地在家里，该干什么干什么：烧饭，拖地，笑眯眯地。放学回来，大喜，恨不得跳起来——"妈妈好了！"然而接着怀疑、忧伤，隐约意识到："不是出事了吗？……"

就那么笑醒和哭醒，一晚上在两极的煎熬中，几十次重复做这个短短的梦，翻转来去，熬过去了。像在大雾里走山路，一脚一脚地踩空。人的一生——妈妈——怎么也像在雾里走啊？！妈妈？

有时，在梦里也还是看到您努力睁着双眼，睁又睁不开，还拼力睁开，还有最后的呼吸……大海潮汐一样的呼吸……我们伏在您怀前卧成荒原，无比安静，不敢呼吸……

小妹给我打过一个电话，告诉我："姐姐，实在是太想了，太想了。就上网搜'怎样联系到已经去世的母亲'——姐姐，还真有搜这个的，"她在电话那头笑了一下，"一样的内容，题目都差不多：'如何才能见到去世的娘'……我是想，还能什么办法都没有了吗，姐姐？我觉得世界这么大……"

我能怎么说呢？妈妈？放下电话，我也搜了一遍，将有关帖子找来读一遍，还是没有办法。本来今年小妹说，她打算想办法给您过一个生日的。辗转再三，仍然没有太好的办法——每次到坟上，都会更加无力地发现：的确一点办法都没有了。妈妈的一生，过完了。

是这样的一生——3岁丧母，被送人，19岁出嫁，为3个孩子牺牲了前途。妈妈，您曾在病中对我说："你可以写写我的一生。"当时我没敢答应——怕那种告别的氛围，也怕那样沉重的苦难，会触发大家集体痛哭的按键。然而此刻，虽然还没有勇气动笔写下那样不堪、不甘的一生，但真的很想伸出双臂，向虚空中，拥抱一下幼年的妈妈，送上糖果和玩具，说一声"受苦了"，擦去那张肮脏小脸上的鼻涕和泪花。

2018年12月6日，在飞机上，我看到白云，那种灵魂白的白云，铺展无边。心里突然就酸甜起来："原来妈妈就在这儿呀。"那一刻穿的，正是妈妈您在20年前给我买的那件高领白毛衣，去大足佛像区、洪崖洞，去看长江……都是穿的它。

日子如梦，一个接一个。每天睁开双眼，都会第一时间意识到：今天没有母亲。提起来，会后悔我们姐妹多年前不该远远离开您，去到外地工作——虽然这个"外地"不过百里之遥。掰着手指头算算，从那时起，我们总共见过几回面呢？而且都是来去匆匆，跟候鸟似的——天冷、天热时，到您的怀抱里寻找温暖或沁凉——是的妈妈，妈妈夏天是空调冬天是暖气，全世界的动能加起来也抵不上一个妈妈的能量，任何时候到家都是筵席、欢笑和甜睡……妈妈是节日。

开机语：我们永远在一起

您还记得吗，妈妈？在您和我们共同捐着那个大苦难时，我们山南海北地奔波，做了多少我们原本不信的事呀！

五台山上"请"来的大窝头裂了，说是"神都笑了，好兆头"。我们笑了。

去某县城请老婆婆看，说您"还有 30 年的阳寿"。我们笑了。

到各个路口洒米，说是非常管用，哥哥和嫂子到处都洒了。我们笑了。

阿姨让换掉家里的碗筷，说是非常管用，嫂子把所有的都换了。我们笑了。

打听到有种"神药"治好了一个人，哥哥当晚一秒都没有耽搁，到人家家里核实、狂喜，气喘吁吁地买到、送到。我们笑了。

打听到三明市有种非常神奇的菌菇，火速请朋友邮寄，巨大的一箱菌菇按时接到了。我们笑了。

打听到上海有种550元一片的瑞士的药，妹夫火速买到送来了。我们笑了。

打听到石家庄有种瑶药很有效果，哥哥和妹妹按图索骥买回来了。我们笑了。

打听到北京有一种美国产的800元一片的新药，哥哥和妹妹费尽周折买回来了。我们笑了……

从西北求来一句经文，说是念上1000遍即可痊愈，爸爸（后来我们看医生才知道，那时爸爸贫血到了晕倒的地步，这也是您老埋怨他在凳子上干坐着、老迷糊没精神的缘故。特此给您说明）马上虔诚打坐，孩子们随着虔诚跪下，包括12岁的圆圆，我们念了整整一晚，何止千万遍！……我们笑了多少遍就哭了多少遍，念了多少遍就想您多少遍，妈妈！

哥哥是最直接受到煎熬的，因为按照风俗习惯，一切需要长子做的事他都要忍着去做。如答谢亲朋，哥哥去到酒店的各个房间各个桌，用好听的中音一遍遍机械地说着："谢谢叔叔阿姨伯伯婶婶，请吃好喝好。"还有……抱着还热烫的盒子，以及之前对您最后的照顾——一点点为您擦拭脸颊。哥哥做完这件事，就躲在门后哭了："那么凉……"

如果用两个字来形容那段日子，那就是：地狱。

您现在病一定都好了，对吧，妈妈？正琢磨给我们准备什么年夜饭呢，对吧，妈妈？……

妈妈，您知道，我们都是不擅表达的人，我们从来没有对彼此说过我们是多么深地彼此爱着，即便在那时，病榻前，我们甚至没当着您的面掉过眼泪。如今我们说话时怕提起又想提起：也不知道那样做到底对不对？妈妈可以原谅吗？能知道我们其实很心痛很受不了吗？我们是怕那种分别的意味，怕引起您的伤怀。可是妈妈，很想啊，很想您，想得常常对了空旷的房间喊："妈妈，我想你呀（小妹居然也是如此，没有丝毫的差别)！……"旅行到无人的山顶或海边,也会拢双手在口边,用尽全力呼唤您。很想当您的面,对您说:"我们无比爱您!!!无与伦比地爱,比爱任何人都爱地爱。"很想再让您摸摸我们的脸,很想再看看您的笑,也很想让您再听听我们叫您的声音,再听听您的声音……不绝于缕的声音……

听见了吗,妈妈?在墓前——我们的联络点,在旷野里,我用我最高的分贝呼唤您,就是想穿透厚厚的地层,请咫尺天涯的您再听听我叫娘的声音,也想再努力唤醒一下我日渐生疏的叫娘的声音……

小妹把一句话打在自己手机屏幕上,作为开机语,一天24小时、两天48小时、三天72小时地亮着那行美丽的宋体字:"我们永远在一起"。

您永远地,住在我们左边胸口这个地方。

妈妈,我们永远在一起。

妈妈好像花儿一样

记 得

您好吗,妈妈?

似乎过了一个世纪,又好像就在昨天。18 年了。

还是有梦,虽然没那么多了。妈妈,在梦里,您和我一起在公交车站等车。您拽拽我的衣角,帮我整理整理书包。车来了,人很多,我们一起朝车上挤。可是突然,那售票员把我让过,就是不让妈妈您上车……恍惚中您又似乎在打电话,可就是发不出声音……于是,我大声地叫:"妈妈!妈妈!"可是您还是不能像往常一样,温柔地答应……

我知道,都知道:妈妈您已经走了,您已经不能和大家一样在这儿生活了。您不能再答应——哪怕我们把喉咙喊破,也不能了。

您知道吗？女儿有多少的痛悔呵！妈妈！……

那年9月，是一个梦魇般的9月。您本来乌油油的头发一下子白了很多，还老是说嗓子不舒服，咳嗽，浑身没劲。也拍X片，也看中医，一致认定：您得了"咽炎"和"抑郁症"。于是，打点滴，朝喉咙里打封闭，找精神科、找精神护理医院……可是，我们为什么不给妈妈您做个CT（X线计算机断层摄影）呢？为什么不呢？

整整一个冬天，妈妈您就那么捱过来，而且，还给我们腌您拿手的咸菜，给我们做羊肉丸子，记得那次当做熟了丸子，砂锅在灶上咕嘟咕嘟冒着热气时，您对我说："孩子，你端下来吧，我老了，没有力气，端不动了。"当时，我还嘟囔："你看你，老不锻炼。才60岁，老什么老?!"妈妈居然脸上露出一丝惭愧，有点局促不安……就这样，一直到次年1月21日查出病来，您一直都是在拖着癌症晚期的病体忙着给我们做好吃的啊！……

妈妈，后来也确实感觉出您有点老了。还记得吗？也是那年冬天，年末，我手上扎了个刺，娇声娇气喊您过去拨出来。也许是病的缘故，勤劳一辈子的您那一阵老是蜷缩在沙发上打盹。一听我说扎了刺,您激灵一下,有点吃力地挣扎起来,找了针,戴上老花镜,快步走到我身边,开始拨。那针一下一下刺在我的手上。妈妈您叹口气说:"我老了,看不清了。"当时您的话刺一样扎在了我的心上。我连忙说:"好了好了,出来了,不疼了。"心里真是疼啊:妈妈老了,那么勤劳、那么利落的妈妈老了!

可是,现在我多么盼望妈妈您仅仅是老了呀!哪怕老态龙钟,哪怕变得丑陋,哪怕瞎了聋了瘸了瘫了疯了傻了植物人了……我只要您活着。

——其实,在得知病情的第一晚,那次我睡在小妹家的客厅沙发上,在黑暗里,我跪下来,反复默念:"老天,请你减去我陈剑霞20年的寿命,增给我的母亲刘绍梅!"我跪了几个小时,妈妈知道吗?多年后,小妹和我偶然谈到,她说:"姐姐,一样。那一晚上,我在卧室里也是如此:跪在地上,反复求过老天爷了:'你让我明天出门就撞上汽车吧,轧断我一条腿,给我的娘增加10年的寿命!'……"我们哭哭笑笑,说起,其实还祈祷了、许愿了:"如果都去淘厕所,一辈子,妈妈能活下来,全家人会毫不犹豫、快快乐乐淘一辈子。"——那该是多么完美的人生!

妈妈，为什么我要老训您、让您怕我呢？您为什么不生我的气呢？记得半辈子我常半撒娇地抱怨，抱怨您将我的一只耳朵生得全聋，"一辈子不知道音乐实际到底有多么美"，看您脸上又难过又抱歉、无措而心疼的复杂表情，心中变态地有些许快感……

现在有时想一些事想出了神，会抽自己几个大嘴巴！——粗心、自私、暴戾，无耻……真不是东西啊！

小妹那个人细心、疼人，还很有艺术天分，一把普通的塑料花，她灵巧的小手几下子就能摆弄出水淋淋的诗意来。我就迥然不同：非但书法风格写得人人见了都说"是个70多岁的老先生写的吧？看多豪迈老辣啊"，且生活上也是细致活儿压根没我的份儿，只能勉强做些刷锅洗碗、浆浆洗洗的粗活。可妈妈您每每都在爸爸半开玩笑地贬我时，一个劲儿地笑眯眯地表扬我："粗使丫头有粗的好处。"爸爸说小妹是您的"贴心小棉袄"，说我充其量是您的"坎肩"，您从来都十分肯定地抚摩着我的头说："坎肩护心护背，我看是一样地好！"

妈妈，这个"坎肩"现在也接上袖口成了"小棉袄"，可是，让它向哪里去贴您的心呢？

妈妈，您知道，我这样的不肖女，每次恋爱都要折腾得翻天覆地，可是，为什么您每次都不打不骂我？在我最后一次恋爱的那次哗变、我们一家人一周只吃了一斤馒头的当口，您依然挣扎着做饭、洗衣、裱画、看孙女……我知道，您精神上当时也是备受折磨呀，可是您为什么不像我一样哭出来呢，我的妈妈？

还记得吗，妈妈？在那个破破烂烂的大杂院住时，您把咱们那四间老屋收拾得多么干净、美丽呀！还分别标上1号、2号、3号、4号房间。再冷的天，您也在院子里的公用水管下忙活：洗衣服，涮拖布，洗小孙女的尿布，淘米，淘裱画用的面筋水……每次都是先用煤球炉子烧开的滚烫的热水浇水管，水才能化开淌出来，您的手那时都裂着大口子，一个冬天都愈合不上。嫂子生完孩子三个月就上班了，还经常上夜班，妈妈您就一直白天晚上地带孩子，还做饭、裱画……说起裱画，妈妈，您非凡的聪明全体现出来了：一般人要全日制学习几个月才能掌握的一门手艺，您就是在买菜的路上，顺便到人家那里看上几眼（您说"人家谁愿意教呀，不抢生意嘛，咱不怪人家不说要领"）"偷艺"学会的。学艺没有一个星期，您就已经接了一批60多幅字画、要得很急的大活儿，而且干得那么漂亮！就是您没白没黑赶出来的"60幅"，助哥哥买了全套的家用电器，助我上了学!

　　妈妈,正是因为有您,我们当时的那个"破家"才那么光彩照人,好客的爸爸也才一批批朝家领朋友叫您盛情款待,没心没肺的爸爸压根没有向工作单位要房子的意思,还老是得意又满足地说:"家里真舒服呀!"

　　可是妈妈,您走了,那个繁花香透整座城市的5月,是我们生命的共同的结束和开始。

　　这是一个怎样的"开始"呵!您不再管我们,到一个我们不了解的、新的世界生活,而身边这个世界对我们而言也突然陌生起来。白天与人相处总觉得隔了一层,有点不真实,夜晚则抓心挠肝扯得心脏疼,迷迷糊糊中精神亦绷得紧张,潜意识记得——有一个天塌了的大事发生了!一心扑救,却如临深渊而手脚无靠。

　　爸爸已经彻底不能回我们的家——四合院的老旧的家,市政府院里雅致的家,都不能回了。身为书画家且颇有风度的爸爸,被您惯得孩子一样,什么活儿也不会干的爸爸,完全摒弃了书画(您去后,爸爸的背一下子驼了,体重锐减30斤,瘦得脱了形……爸爸深爱您呀妈妈),现在执拗地回到乡下侍奉奶奶,拖拉着拖鞋,赶集、洗衣、买菜、做饭……我们都不准备再回去了——怕见您每天都骑的自行车、每天都去的菜场、每天都要在那里散步的小公园、常常去买东西的美食城、偶或去唱唱京剧的广场……妈妈,您不在,哪里还有什么家?只有当您离开了,我们才发现:妈妈,您一直都是爸爸和儿女们的一片天!

而天啊,天已经不是从前那个天啦!太阳也要照死人了。天黑了又亮,亮了又黑,天又黑又亮了,所有的落花都去陪您,风一直一直向着您的方向吹——是在说我们邮寄的那些"钱"、那些思念都收到了吗?

妈妈,您是一个低调的人,从来都是文雅、大方、不出风头,完全不施粉黛。不是爸爸说,我们还不知道您15岁就领衔主演唱大青衣的事。您是那么的美,有着花儿的品质和芬芳。小妹也算是人见人夸的美女了,可是,依旧是那年冬天,查出病情的前几天,您已经那么大失神采,可是当您坐在高椅上,小妹坐在您身边的小矮凳上聊天时,我还是"扑哧"一声笑喷了:"她她她,怎么叫您映得那么丑呀!"妈妈,您还记得吗?我当即这么大喊,小妹还不好意思得很呢。哈哈哈哈,除了您,微微笑了一下,我们全部都笑得没边没沿了。

后悔呵我！后悔那时一直称"你"，您走后才不断"您""您""您"……后悔，妈妈，从毕业工作这许多年间，您看，我给您买的衣服，一律都是长袍马褂、老太太式样的，那年春节我给您买了件新潮的红衣，可是您已经连试也不能够了……妈妈，您在天堂一定什么漂亮的衣服都可以穿了吧？您可一定要挽起我一直劝您挽却一直没有挽过的、应该最适合您高贵气质的发髻呀！我这个"粗使丫头"多么想亲手给您挽一次——哪怕就挽一次——那样精致的发髻。妈妈，您临去时也不过是刚刚过了60岁的生日（刚刚办了老年证没有几个月）！妈妈，您最喜欢的我的文章、书法、新书……都不再看了吗？真的不再摩挲着微笑着读我了吗？不能想象：我们永远不能再见！……

汇　报

先报喜好不好，妈妈？

女儿有了一生不敢忘怀的读者朋友——将敦煌书画院的刘彦弟寄来的一对大中国结挂在门边，将内蒙古酷爱书法的梅姐姐寄来的鼻烟壶（她还自己写了书评发表在当地报纸），以及北京画院篆刻家程风子寄来的特意为我刻的名章，都高敬于斯；将杭州瑞姐姐因与我作品禅意共鸣而惠赠的金箔《金刚经》奉为宝物；将签售时泰安爱民兄特意背来的一大块泰山石安置在茶几中间……哦，还有皇亭雪庐，签售"中国文化之美"丛书那次，买了五套（一套八本，要破费不少。真是过意不去，也只好接受美意），暂存在书店，并留下纸条，请工作人员转交，告知因陪外地朋友去南部山区，没法到场。至今不知他（她）是男是女……一番回赠之后，和许多朋友成了毫不设防、彼此牵挂的姐妹兄弟，结婚、生孩子、老人过世都会通知我……都特别有涵养，让人羡慕。

非常美好的善缘，高于亲戚、仅次于母爱的美好，叫我如此信赖和珍爱。这是女儿内心感到安慰的——是啊，女儿写作的本意是要做有意义有帮助的事，不想无聊甚或卑鄙地度过一生。哪怕它们只温暖到了一个人，付出的辛劳都是值得的。

前些年还逆着怕人多的性格，到大学、中学做了不少有关文学或传统文化的演讲——拼命工作。不累，妈妈。您在身边的时候，从来没见过这么拼命工作的女儿吧？是您给我生命又度化了我的生命，让我对生命中的许多问题有了全新的认识，并绝不汲汲于名利等各种虚妄……这个新笔名"简墨"是您没听过的。怎么样？还喜欢吗妈妈？打碎自己，归零重塑，"墨"和"简"遇到一起，还能做什么？就是写嘛，就像女儿如今一样，打开一扇神奇之门，让身体发光，也尽量照亮——带着妈妈您的、我们双份的光芒。妈妈放心，我们会像您在外孙刚出生时，配在他印有小脚丫纸张上的嘱托一样：脚踏实地，勇往直前。

小妹以前就是个用功的孩子，照她的话讲就是"从小学二年级开始，我晚上 12 点之前没有睡过觉"，我们以前老拿这个话开她的玩笑（二年级她那样玩命地学，都学的什么呀）。妈妈您离开后，她更用功了，在山大读完外国文学专业的研究生，又成为美国北卡大学（法学）和英国剑桥大学（应用语言学）的访问学者，在业内声名鹊起，而哥哥录播了数十部长篇，拥趸者众，下一辈的孩子们也都成绩优秀……妈妈，您会高兴的对不对？别看爸爸似乎挺能的，其实孩子们的文学、艺术天分，都是继承了您的基因。

哦，女儿喜静，却绝不孤寒，您放心。那次下雨，我去英雄山——每一蓬松叶的每一根针上，都悬挂着一颗雨珠，美极。当时有位大姐也在看松针。眼神对上时，我禁不住说："多好啊。"她应该有和我一样的感觉，回以微笑，点头赞同。我们一起散步，聊天，感觉很舒服。临别留了电话号码。后来，又一个雨天，我正工作，突然接到电话，是她打来的："小陈，你还愿意去爬山吗？我……我想你了！"这种陌生人、外人眼里的"屠狗辈"的巨大友爱怎么能承担得起？就算下刀子也得去呀！她是王姐，一位下岗工人，平时帮儿子看孩子。我们是每每下雨便相约爬山的好友。这样的恩遇太多。

陪爸爸在西南旅行时，四五位背着大行李包的大哥大姐主动陪我们一家挨一家找旅馆，找吃得好、有特色、不高又不低的楼层……比我们自己还要上心，还帮我们砍价，浪费三四个小时在我们身上，热情得过了头，爸爸和我感动死了。妈妈，这样的恩遇，爸爸说既奇且好，因为不认识，也没求人家。

还有，我独自旅行时，那样的恩遇又怎能数得过来。

在重庆，赶火车，时间已经相当紧急，而马路被堵得水泄不通。唐突地求助于蹬三轮车的大姐，她居然毫不犹豫拉上我，送我到车站，自己大汗淋漓。跳下车时我满眼热泪，心头感受莫可名状，还掺有一丝的悲伤：可能终生不得再见了，但她这个人叫我怎么能忘？

在丽江,晚上十一点多,从古城散散漫漫出来,忽然懵了:找不到回旅馆的路了!而手机只剩一格电,无法导航。这时路过一位大姐,我又是唐突求助。大姐是护工,从医院下夜班回家。她一路送我到旅馆附近,我说认识路了,她说不放心,既然就要到了就送到门口吧。感激之情无以言表,只能打开手机,用最后一点电量拍了合影。

在韩国,公交车上,一位母亲带三个小孩上车,我让座,她送给我一盒蓝莓,我还礼,从包里摸出一幅自己的国画小品。彼此双手奉敬,她对我微笑,孩子们对我微笑,我也回以微笑。

还有,忘了在哪里的火车上,与一个小朋友互换了糖果,那一刻我多庆幸自己带了糖。

……

许许多多陌生人之间的善意,一些偶然发生的小事,一些交错而过的瞬间,会让人开心很久很久。诸如此类的照片看过了无数次,每次心头都热热的,以至于说到这些人和事的瞬间,我好想站在这里,向着过往的他们,使劲地挥挥手啊!是致意,也是告别。茫茫人海,我们可能不会再见,但这个世界上,温暖的人像树一样多。

您在最后还牵挂我太老实,没有一点攻击性,怕我在社会上吃亏,怕我躲场合而落单……我自己都没想到友爱无数,成为最幸福的那类人。心里都记着。女儿因此比很多人都更感激,感激知己恩友无处不在的善意。除此,践行平等之念,扬美抑丑,传播善意(记得儿时,讨饭的上门,您给他用咱们的碗盛满白米饭,没想到他又说"搁点糖才好呢",您给他挖上一大匙,看他美餐一顿),是您也将是我、我们共同的一生所求,您当然会赞同因中正之心而生发的所有。

时间氤氲,万物化醇,美好的、悠长的爱与牵念从来没断过。前几年爸爸老是说:"不是说来找我吗?怎么不来呢?"或突然面露喜色,说:"肯定来看我了。我放在架子上的刮胡刀没有了。不愿意叫我精精神神的啊,老脾气。"竹帘子动一动,"啪啪"拍在墙上,爸爸也说是您来了,激动地站起来,去摸那个帘子。现在不那么傻了。

前一段时间小妹请父亲写了大字,也画了梅花(母亲名叫梅),装裱了,挂在墙上——小妹悄悄说给我,字代表爸爸，画代表您，全了。

红梅接天接地，开得烂醉如泥，刀口一般，向外而宣向内而泣。爸爸的题字是："数点梅花天地心"。而这两天，我才发现，压角章上小小的字："学会放下"。像是伏在您耳边的细声劝解。

妈妈，不会的，爸爸他永不忘，您永远是爸爸的唯一。您要牢牢记住这一点，妈妈。

毛笔又拿起来了。我们父女三人应邀出版一本四体书法集，分工合作，爸爸连题跋都准备好了："四体三人箴言序，一门两代书法家"。所以我在加紧做着案头。小妹虽然忙着考职称，也抽冷子练上那么两下子呢。您知道她曾是全省最年轻的书协会员，颜体楷书多有力道呀，放着都白瞎了。这下不遗憾了吧？啥事都管的妈妈，哈哈。

下面报忧，妈妈。

很少大声呼唤了，很少大声哭，但依然不经意间便被刺痛，又无处言说。也很少奢望实实在在摸到您，有时却还是笑着笑着就落了泪。2023年春节过年，小妹陪公婆和爸爸看春晚，到《是妈妈是女儿》那首母女对唱的歌时，她无征兆地就大泪滂沱，您没有见过的、4岁的小外孙陈陈都知道她的心，连忙摇着她的手，说："咱们把姥姥接到咱们家好不好？"

——本来寄希望于"时间是最好的良药"这句话的。这可怎么办呢？

在特别美的地方，安静的时候，会特别想您。那次去雾灵山，带着爸爸。远山微微起伏，大地铺展，梨子掉落一地，香出天际的玉簪花，流星来去的萤火虫……我泪流不止。抬头时，埋怨爸爸忘了妈妈您。爸爸不说话，泪水慢慢满了眼——爸爸从贴身衣兜里掏出他随身记录东西的小本子，打开，塑料夹层里，是您的照片。

小妹昨天打电话给我，说："最近特别厉害。""梦到了。""同事说：'一转眼，你妈去世多年了啊。'姐姐，我很受'多年'这两个字的刺激。怎么都'多年'了？"说完她就哭了。

我知道她说的"厉害"是什么意思。小妹说："也好，每次都当见了一面，也好。"

也好,您知道吗?开头那些年,我们俩几乎每年都要吵一架,去泉城公园或其他什么僻静地方,吵得全身的血都要干了——矛盾中纠结,纠结中各自坚持的又不同。她坚持每年初二、清明节、七月十五……要上坟。我不同意。我的意思是说:"既然你相信妈妈永远和我们在一起(她的手机、QQ 等的签名档统统都是这句话),那么弄这些有什么意思呢?"她固执坚持:"这几个日子人家坟上有人,咱也得有!"

小妹每次去上坟,都会命令 3 岁、4 岁、5 岁、6 岁、7 岁、8 岁的天天"给姥姥放风筝",您的小外甥哭着,飞快地跑着,口里喊着:"我给姥姥放风筝看!我给姥姥放风筝看!"妈妈您都看见了吗?

一直到今天,妈妈,我也是经常想:其实您不过只是去做一次较长的旅行罢了,只是要很久很久,只是我们不能总是去看望您了而已。可是,妈妈,正如小妹说的:"妈妈不是离我们更近了吗?每时每刻都在想,感觉没想的时候也在想:看孩子的时候,洗碗的时候,坐车的时候,读书的时候……姐姐,真的,我现在都有特异功能了,能一心二用。以前只是给妈妈打电话哇啦哇啦说的时候想……"这个"想"潜伏下来,成为无意识的意识。

18年,孩子们也变了模样。那天晚上,我们在外散步时,小妹说:"姐姐,你说,我烫了这个头,妈还认识我吗?如果不认识了怎么办?……不认识了我马上改回去!"那一刻,霓虹灯照着她的眼,照着我的眼,直到上车回家,我们都没能看一下对方。是的,总有一天,容颜变了,身躯变形了,声音会嘶哑,头发会雪白,到时候我们要凭借什么来相认呢,妈妈?……妈妈,不认识了怎么办?

妈妈,那天我送小妹到大门口,她停下,分明没什么事,却踯躅许久,才嗫嚅着说:"姐姐,怎么办呢?自从妈远行后,我总是感觉很孤独……""常常觉得世界上就我一个人,因为没有妈妈在身边。"我接下去。然后,小妹孤独地走掉,我孤独地上楼……爸爸没有说,可我们知道,爸爸、哥哥也这样,甚至更甚……妈妈,孤独怎么办?

……不说了,妈妈。没什么。

勿 念

不用担心,妈妈。

一开始还麻木，有一天，突然明白：世界上最爱你的那个人真的走了，这世间再也没有像您一样，那么疼我的人了，没有人再无底线忍受我的坏脾气、包容我的缺点，没有人再事无巨细唠唠叨叨，让我穿秋裤或别贪凉……会感到人生无常，世界观、人生观、价值观、生死观等几乎全部改观，"我"已经不是以前单纯甜蜜的"我"了。一夜"长大"。

老是在想：为了我长大，母亲牺牲了。我不能辜负了母亲的牺牲，并坚信：我后来所做的您都知道（哪怕需要我点点滴滴告诉给您，您也是能听见的），将来在另一个世界我不用到处找您——我们从来就没有过分离。

经过那段被抽掉脊梁骨的狗一般瘫倒的日子，痛定思痛：一定要生出勇气，要笑，把您少活的年纪补回来。一定要做起一样您希望我做、自己也喜欢的事。要分享每一次快乐的尝试，滑雪或骑马，要饱览大好河山，替您蓬蓬勃勃地变老，面对风挥舞纱巾，在花朵下拍照……双份地热爱生活。要成长得丰富、精彩、心满意足，像一丛旺盛的花。

"要勇敢，陈剑霞。带着母亲一起活。她的苦你来甜,她荒废的事业你来干,她没旅的游你来旅!"每次有所虚弱,便马不停蹄给自己打气。慢慢地,形成了思维习惯。

外出时也养成了习惯,每次都会带着您的照片,到风景绝佳处,高高举起,缓缓晃一大圈。在博物馆也是,感觉您喜欢的文物,屏息凑近,让您仔仔细细地看。

几乎所有的业务群都退了,有个微信群却不敢抛弃——那里面有许多同样境遇的人,绝大多数是姐妹。她们是未经苦难的娃娃,又是饱经风霜的老人,她们一个个复制粘贴同一行文字,排成队,苦求:"请姐姐带我们走出去。"我本身也很无力,却是有了些许力量的少年先锋队,又是小时讲过草地的课文《金色的鱼钩》中想办法给小战友弄点吃的、争取活下去的老战士。

会试着鼓励自己和姐妹们:"她的死就是她的生——母亲新生了,而她的旧生命仍在继续。是两个人而不是一个人,热烈地活着。带着母亲,带着她对我的爱、我对她的爱活着,作为像样的女性和像样的人,努力而勇敢,活过两辈子。要配得上她和我们一样有过的青春,对得起她生育我们一场的十级之痛,不辜负爱与生命的意义。""某些瞬间，会一举颠覆我们的人生。即便如此，我们仍然要用向前走来度过今天，尽量微笑，用心热爱，为了即将到来的未来，不后悔现在的这一刻。"

春生夏长，秋收冬藏；抑扬顿挫，起承转合……这是我们每个人都经历过、在经历和即将经历的四季生命，花开花谢、高低歌哭都是人生。失去便是得到，不足又无不足，同样为美好的一部分，会绵绵不绝，如自带的背景音乐，陪伴每个人的一辈子。

就算挺住，怎么还是止不住一闪念的妄想？过年了，妈妈，像一个走丢了的傻妈妈，您，懵懵懂懂走到哪儿去了呢？能不能从那月亮上扒一下头，让我看一眼呢？或者……妈妈，可不可以商量商量，回来吧？梁园虽好不是久恋之家。不管您以何种形式回来，孩子都会紧紧抱住您，不再放手！

或许，妈妈，不用为难了，妈妈，不用为难。不回来也罢。

妈妈，小妹前段日子一门心思想给您发个短信——您知道，我们以往每天都和您通几次话的。结果这个傻子胡乱地输入一个手机号码，把对您的思念细细写了，满屏满屏地发过去……您一定猜到了妈妈，是的，人家拨回电话斥责了她……当她哭着打电话给我复述这件事时，我也哭着斥责了她……因为妈妈，我知道，您不愿意看到您那么爱的孩子们心碎的样子。可是妈妈，这个问题可能要缠绕我们心头一辈子了：我们没有告诉过您我们爱您，您能知道我们爱您吗？妈妈，知道吗？不能吗？能吗？……能吧？

……

多年以后，当我在深夜里，一边神情恍惚地敲着字，一边还是忍不住地想：还是能偶然碰上的吧？妈妈？还是能的，是不是，妈妈？或许，在某个霞色满铺的清晨，某个不经意的刹那，在某个街角，某个红绿灯交错的斑马线，劈面、惊喜地看见：妈妈您花儿一样美丽的笑脸绽放在我的面前。

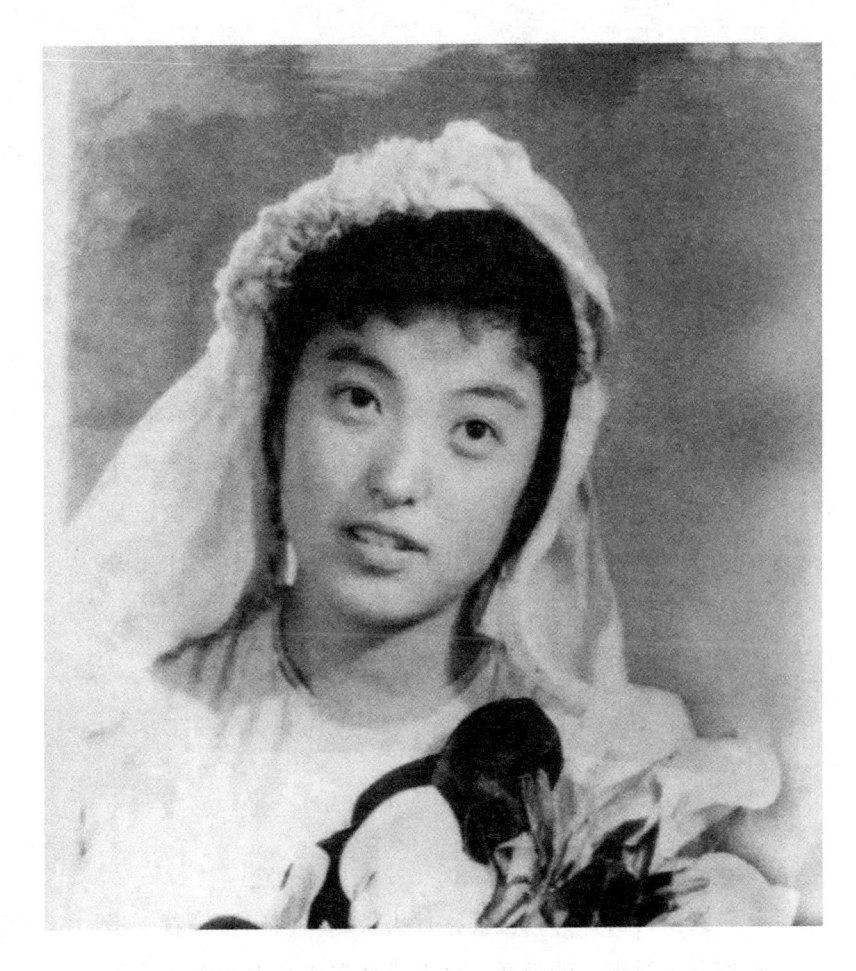

1963年，母亲的婚纱照

乡村的母亲那不死的人

我的婆婆刘瑞芝(1929—2011),山东省菏泽市鄄城县仪楼村人。18岁嫁入仪家,做三个孩子的继母,视如己出,后又生育三个孩子。侍奉老小十几口,一辈子都在下田劳动。除了县城三个姐姐家和济南我这里,她哪里也没去过。此篇敬献给老人家,以及乡村的母亲们。

——题记

她呼唤,他应答

到乡村去,每到傍晚,日头染红了西山,接着,星辰擦亮了黑夜,就听到一声声或高亢或纤细或温柔或不耐烦的女声东一声、西一声,高高低低地响起:"××,回家吃饭了……"

于是，就有一个、两个、三个……所有的孩子，分别应着，急匆匆地向那个声音的来处扑去。

那个声音是一个农妇。多少个声音是多少个农妇。

她的手一定很大，粗糙，有的还干裂，每个手指头的顶部都缠着胶布。她不娇小，即便矮小也不娇小，像一架小飞机，敦敦实实，螺旋着就能飞速上升，去撒种子或喷农药；她也许高大，那就更像是树，村口或田垄上那株祖父或老祖父种下的槐树。不，一定不是柳，不是，不是垂柳，直的也不能——柳是城里的女人，纤巧或泼辣，好看或有气质，可她不是农妇。

那么，农妇的温柔是槐树捧出的槐花，是香椿捧出的嫩芽，闻着吃着都香香甜甜……是的，给捋了揪了蒸了煮了拌了……给吃了。

像奉献了她的乳房。

她把自己的衣襟卷起，扒出，掰开，捏着，塞进……

每一滴都落不下。

她后来就老了。好像还很快。比城里的女人快3倍。

她的乳房瘪了,像倒空了粮食的口袋,歪着耷在墙角,似乎一只睡着的老猫。她的声音也老了,沙哑,空洞,有牙齿脱落,会漏风。她的男人也许早走一步,去那黄土黑土红土下,等待她。

她的孩子走了好远,都走到了多金轿车娇妻爱子盛名高位……也鲜衣怒马,也讲话演讲,可他还是能听到她叫着他猫猫狗狗的乳名儿,唤他"回家吃饭"的声音。

多少辈子,她呼唤,他应答。

死了活着,她呼唤,他应答。

这声音绵延不绝,回声绕梁。

她唤得悠悠,我听得泪流。

　　　　她的灶膛

她在那里烧火。

升腾着浓厚白气和香气的,是一大锅的包子;红彤彤映得像太阳的,是她的脸庞。

她一锅一锅地蒸和煮,仿佛只为蒸煮而生。

她把种子蒸煮成气力,灌给男人,男人再把气力灌给土地,土地吐出种子,交给她蒸煮……这世界几千年就是这么过的。

头发上粘着一点碎屑,玉米秸或草棍儿,她不管它;手上染上了一点黑灰,她也不管它。风箱呼哧呼哧,像老猫的呼噜声。

它更像她的孩子。她像它的妈妈。

她像所有一切的妈妈:粗瓷碗、原木桌、抹布、笊篱、锅盖、辣椒串、下蛋鸡、公鸡、猪、狗、羊、草、树、星斗、露珠、马齿苋和麦子、山峦、溪流、飞鸟和蝴蝶……

她那么爱美——即便不怎么年轻了,她还是那么爱美。她的发卡卡在她的白发上。她的嘴角挂着微笑,像挂着花朵或果实;她的眼睛闪闪发亮,像捉了萤火虫做的目光;火光映得她的皮肤多么红亮,像夏日田野活泼泼的晚照……她简直像个姐姐或妹妹。

她坐在灶膛前,却像长在山坡上。

我不能不把她想象成一株漂亮得不像样子的桃子李子杏子树。

她的农具

屋顶放杂物的小屋,里面全部为农具,微眯着双眼,从容不迫。她用了她们一辈子。她跟她们在一起的时候,她们就抱着她,像一群亲人,不分彼此。

她们一定亲眼看过种子到胚芽,胚芽到苗,苗到禾,禾到穗,穗到麦的那些日子,像孩子从孕育到娶亲的日子。她们轻吻了惊蛰和春分,啜饮了清明和谷雨,更咬牙忍下了寒食和芒种,拥抱了喷天流火、汗流浃背的小暑和大暑……这里那里,黑泥白铧,绿树红花,将酒搔茶……那些热闹,缤纷到不行。

铁锨,木锨;粗筛子,细筛子;大杈,排杈。还有一个损坏了的耙子,被丢在房顶的一角,日晒雨淋。

铁锹锄地,木锹扬场——从播种到收获的过程,从小女到母亲的过程,从种子到粮食的过程。

大杈挑大柴火,排杈挑小柴火;大杈是玉米秸的伙伴,排杈是麦秸的协理——从田野到灶膛的过程,从金黄到灰暗的过程,从灰烬到饭香的过程。

粗筛子筛粗粮食,细筛子筛细粮食;粗筛子筛磨面前茁壮饱满的粮食,细筛子筛粉碎了的粮食。万千粮食穿过,细的归细的——人的嘴巴,粗的归粗的——牲畜的胃肠。她们自己一粒也不舍得吞下——从生到死的过程,从雄壮到悲壮的过程。

至于那身子用铁丝绑着劈开一半的、损坏了几个尖头的木头耙子,她一定已生长了许多年头。她的末端给磨得细细的,想必记忆也给磨得差不多了吧?她忘记了在田畴矫健奔跑的岁月,只横在房顶,看夕阳如血。

我把她们中的一个断齿用手帕小心包起,装进衣袋,带了回来。

她真的像颗牙齿——犬齿，恒牙。外表滑顺，内里斑驳。

她疼吗？

她死了

她也会死的。这出乎我的意料。

她看上去能活一千年也不止。她好像生下来就是那副利落苍老疲倦强大的母亲的样子。她嘴角绷紧，大多数时间是沉默的，并一直劳动、劳动、劳动……永不停歇。她比她的男人似乎还壮健些。

可是，我忘记了，她的腰是越来越弯了，最后，简直都弯成了月牙儿。

可是，那"月牙儿"上，还是牢牢粘着一只恒星似的草筐，里面有半把嫩草和几根麦穗。

她临去时还在劳动。

她死了，倒不带着悲伤。她对儿孙们说："去吧，去忙，该插田了。"

是的，该插田了。儿子们也并不多么悲伤，因为，妈妈就在身边，她看着他们劳动。

有时，她还替他们挡挡风寒。他们累了，也靠靠她的背，格外宽厚——妈妈的背啊。

孙儿们则常常绕着她打闹、捉迷藏，他们或鼻子、或脚趾，同她的一模一样，并扭股糖似的，缠在她身边，有时也揪一把她的头发——好疼的，她也不吭。她会笑眯眯地把最小最胆小或最笨拙的那一个，护在身后。

而夜晚，他们荷锄回家，她就看守，在酷似自家地窖的洞穴里，在铺天盖地、结结实实的田野的香气里。

看守是多么轻松的活计呀，庄稼长得又是多么欢实！

她舒展开额上细纹，皱皱鼻子，吸满肺叶那超越任何一款名贵香水的香气，随手拨弄一下牛铃一样摇响的浆果，不禁乐而开怀。

她躺倒着,身体同大地平行,同它一样的体温,一样地,随风摇荡。

她安静地休憩。她从没休憩。

她觉得这样很好。

她跟活着没有什么两样。

黄河谣（代后记）

1

我从雪上出生
母亲巴颜喀拉有一半异族血统
性子烈烈却也柔情似水
她用遍布的月光捏塑我的歌喉
灌给我流云酿成的蜜酒
将一个星宿海的水壶挂在我的腰间[①]
她说像小鸟一样去飞吧
哪有母亲陪伴孩子一辈子的

于是我"啊啊"应着
明亮地笑着
跳下拉加峡、野狐峡、龙羊峡
裹上壶口50米那么大的一幅瀑布
向比蓝更蓝的蓝天挥挥手
见风就长地开始了流浪者的长旅

2

我无师自通,哼起花儿与少年
信天游、道情、秦腔和茂腔
我会唱男声部,也唱柔媚的女声
歌声时而低沉时而高亢
一如西方海上的那个塞壬
我还将这些口头文学随手制作成文本
播撒在高原、平原和盆地上
让它们中的每一个都能代表祖国
从此我身边漾起柳絮一样动人的歌谣
我有220条美丽的辫子[②]
一把雪莲一把桃花分簪左右
他们还给我取个名字叫"玛曲"
说是孔雀也比不上我的美丽

一路我看过无数奇妙风景无数的人
早将《本草纲目》和《百家姓》烂熟于胸
我遇到在河之洲的一对雎鸠
它们爱情的浪花溅湿我的草鞋
我听到伐檀人啪啪落地的汗滴

梦到采莲女采桑女如莲如桑的面容身影

我看到采诗官奔走于阡陌之上

打起一面面闪亮的旗语呼应他手里的木铎声声

我跟粟学习隐忍的道理

跟粱学习勇敢的定义

我步伐不乱且大步流星

用双脚写成一本高天厚地的志书

一片陇西一片鲁北地穿插上书签

3

我流浪到哪里哪里就开花

我居住的花房子就是我的身体

它有九十九个卧室九十九扇窗户

向着每个世纪和四面八方开

任何美好都逃脱不掉我的复眼

并亲吻每枝花蕊里的心灵香气

我的身体吸引了许多人来

伏羲、黄帝、大禹、商汤、伊尹、周公、老子、墨子和苏秦

以及从江油来的李白

从绛州来的王之涣

从洛阳来的刘禹锡

还有一帮子军人:高适、常建、骆宾王

他们和我一起挤在里面

日日饮醉高歌不得醒

个个像寂寞一样深厚又笨拙

就这样我跟随自心一瞥人间神迹

度过少女时代的湿润时光

4

当然,也有将士争渡

巨鹿,牧野,官渡,崤山,昆阳

都来我这里洗过兵戈

被我左右出没无定的旋风掩埋

然而,农人、帝王或诗人

他们还只懂得种植、战争或写诗

可以不分彼此

像白象和野马可以一起饮水一样

——所有的峰峦沟壑都听见

觥、龙杯和木杯子碰得山响

本性里还没掺杂上太多恶意的泥沙

浮世中发生的一切事情
都还是依照天意而行
他们和万物和我一样
都是造物小小的孩子

我热爱这肥沃繁复的大地
将卷耳、苤苢、蘩、薇和栩认成姐妹
那些稀稀疏疏的荆棘可以忽略不计

5

我一度难以见到那种著名的鲤鱼
难以见到乌云一样的蝌蚪
玻璃碴、泳衣、锈针与烂袜子沾满全身
远远近近林立的烟囱代替被砍掉头颅的树木
最后无边雾霾无奈扯成了地球的遮羞布
我被迫逃离居住多年的花房子
被强绑入狱到潘多拉的盒子
无处安放的罪孽一拥而入
一头扎进干涸的深渊,我宁为玉碎
可夜深人静时
我耳边仍有风吹动树叶的声音

花朵与蜜蜂咕咕哝哝的声音

鼠辈啃咬草根的声音

太阳划过天边的声音

……

听着听着

我翕动干裂之唇呜呜咽咽大哭一场

6

我忘不掉那样的经历：一些关键词在飞速减少

譬如"信仰"和"理想"，"柔软"和"洁白"

虽然两岸庙宇越盖越大，晃动的胴体已如河畔之沙

另一些关键词日益显著

遮天蔽日分蘖出不可救药的霉菌

——"消失"

浊物漫过来，清水消失

挖掘机的大口吞过来，麦秸和蹄印消失

而河流都成故道，故乡消失

叹号都成问号，信任消失

……

——"喧闹"

昔日埋人和生着艾蒿的地方

电锯声和霓虹灯将它们煮沸

惊醒的先祖魂魄在四野凄惶游荡

人们将手中伴唱的青衣筹

鼻头上添块白豆腐

就轻易换算成了赌桌上胖头胖脑的丑角筹

酒杯觥筹交错不甘寂寞也加入了喧闹

……

——"光"

所有的明亮都变身金钱的光

利益的光

物质至上的光

闪着前无古人后无来者的光

……

——"空"

所有的人都成为异乡人

和赵佶用微博交流精致利己的方法

与司马衷用微信商量"何不食肉糜"

钢管舞撑起名叫"娱乐至死"的大殿

而眼前所有该得救赎的

都将转眼成空

——望梅止渴的空、画饼充饥的空、覆巢之下安有完卵的空

腐烂的空
空空如也的空
一片白茫茫大雪真干净的空
……

7

那是一段什么样的日子啊
我纵横的发辫日渐稀疏
挖沙炸石的疥疮则挂满全身
惊心的是每个毛孔里都向外滴着血
进入我体内的废水
已进入某些内脏深处
肝脏，肾，胃和胆囊
累积为大大小小的斑块与结石

最难过的
是被凌汛割断了喉管

8

终于
一些扛着重物的儿女来到这里

他们眼神温柔而目光辽远
扳过我瘦削的双肩，口里说道"不要怕"
接着便开始了为我疗伤的步履
无问西东

他们懂得取舍和节制的重要性
知道儿女之后的儿女还要生存
并深深渴望精神之水
像盘古重开天日
不惜用去愚公移山那么大的毅力

他们逆流而上不舍昼夜
将美好的词语一一复原
——割去阑尾和肿瘤一样
为我割去白垩纪似的大块肮脏

他们耐心又专注
创造了视频倒放一般的神奇
如同恢复一匹没有蜡染的布
恢复一张没有书写的草纸
恢复水流伸上嘴就可痛饮的安全感

他们从源头再次伐木为梁,刈草为铺
从钻木取火开始
从种下第一粒谷种开始
从呼唤那群白天鹅再回湿地开始
揭开纯洁如雪的日子

9

花儿开着开着就满了
好事盼着盼着就近了
将时间捏成一只酒碗
真想和未来干上一杯——
告诉它
是什么让我白头返青
又为什么流下欢喜之泪
挖挖我的内心你会发现
它的清澈映现着久违的灿烂星空

①巴颜喀拉山前遍布沼泽和湖泊,其中最著名的叫作星宿海。从前一般认为星宿海为黄河源头。
②流域面积大于100平方千米的支流共220条,组成黄河水系。

得大自在

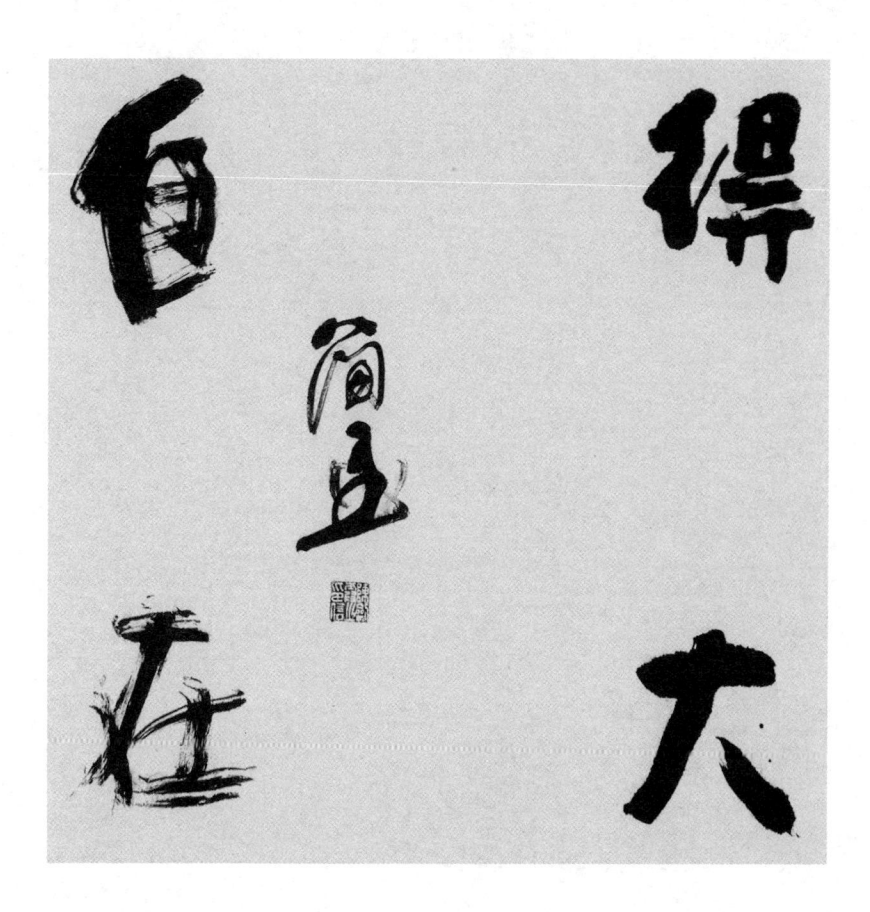